cidademanequim

cidademanequim

andrécúnicovolpato

MOINHOS

agradeço à Tania Cristine Hadas pelo começo.

agradeço à Julie Fank e ao Cezar Tridapalli pelos meios.

agradeço ao Peter Beten Jørgensen pelo fim.

(tronco)

1.

Ela vai de metrô sentido centro, em pé, a postura rígida, um corpomatéria de carbono, água e nitrogênio movido a memórias e cloridrato de fluoxetina, um coração sístolediástoleando num tamborim inaudível, encoberto pelo atrito de ferro com ferro; sente a palma da mão esquerda suada em volta da haste de alumínio que flanqueia a porta do chão ao teto, contra a qual, além disso, sua perna direita pressiona a bolsa-saco, pendurada ao ombro por uma longa correia; carrega na mão livre um trejeito no mover dos dedos, o médio e o indicador se alternam a polir a unha do polegar, que por isso (por isso) tem sobre si mais fosco o esmalte vermelho-escuro (matriz CMYK: 24%, 100%, 100%, 18%), leva na boca o mesmo rubro das unhas e um Halls sabor menta e eucalipto extraforte, os ouvidos vão anestesiados por uma coleção de electro-swing, e com os olhos escaneia as paredes do vagão, siderografadas com poemas de ódio e de angústia e de amor. Ela existe onde ocorre um padrão atômico específico, produzido em série nos parques residenciais cosmometropolitanos; para nós, que não a conhecemos, chama-se X e é linda de carneosso é linda de carneosso é linda de carneosso

2.

Um espaço de loucos, o metrô é um espaço de loucos. Que não entendam mal, cada passageiro é são em seu próprio mérito, responde a si mesmo e a mais ninguém, mas a X, por exemplo, uma estudante de medicina às vésperas da formatura, estagiária do hospital universitário, uma jovem com tudo para se tornar alguém na vida, não resiste ao escrutínio da senhora que vê nela os lábios de uma moça ligeira, do colega de faculdade que sabe a quantidade de remédios ingerida pela maioria dos estudantes de medicina e vê no tique nervoso dos dedos e no olhar vidrado e no leve movimento do maxilar sinais de que ela não está dando conta, do pré-adolescente sonhador que se apaixonou à primeira vista e já viaja com ela para a lua de mel. E estas são apenas quatro pessoas. Ou melhor, esta é uma pessoa colocada diante de três olhares.

Há ainda os trechos de conversa que se deixam escutar, há a mistura de cheiros e de perfumes, há um milhão de traços físicos de um milhão de etnias diferentes, há as memórias de cada um e a memória coletiva, pulsante nos signos universais que o espaço carrega — a cor dos assentos preferenciais, o plano para uma evacuação de emergência, o barulho menos intenso da desaceleração, típico da proximidade de mais uma parada. Além das tantas outras pessoas e dos tantos outros olhares, um conjunto instável demais para ser compreendido, caótico demais, frenético demais: um espaço de loucos, onde cada um é a sua própria norma, ou um espaço de loucura, onde a norma de cada um traduz todos os outros. Antes faltassem observações a respeito, em vez de faltar o tempo para fazê-las. O metrô chega na plataforma e os passageiros se acotovelam diante das portas, que cedem gentilmente assim que ele para.

Os passageiros — os loucos! — desembarcam.

3.

X avança num clic-clac de alta frequência sobre o chão antiderrapante, muito bem adubado com papéis de bala e flyers de prostitutas, não presta atenção às paredes nem aos anúncios pegados a elas; ela tira do bolso esquerdo da calça jeans o celular, pausa a música e com a mão direita desconecta dos ouvidos um fone de cada vez, passa pela catraca e começa a subir a escadaria da Praça. Mesmo distante, consegue escutar o estrondo do metrô partindo, misturado ao turbilhão da rua e ao crec-crec dos dentes triturando a fina lâmina que era o seu Halls desde duas estações atrás. As cores ganham em brilho, saturação e contraste conforme se aproxima da saída, e com os olhos ela encontra, camuflado no meio de tantos outros, o par de tênis brancos (matriz CMYK: 0%, 0%, 0%, 0%) de Y, que a espera meio de costas meio de lado, num ângulo obtusamente ideal (107° 32' 09") para perceber sua namorada quando estiver a quatro passos de distância, não antes.

Ao versentir sua presença, Y se vira para X com um meio sorriso, trocam um beijo de conforto, formando nele um sorriso inteiro, e seguem de mãos dadas na direção da faculdade.

4.

O clic-clac moderado na direção da faculdade. Pombasbarataspessoas desviam de outras pombasbarataspessoas. A X inspiraexpira fundo. A brisa quente de fumaça espana resíduos e partículas de um lado para o outro. As mãos dadas. A X inspiraexpira fundo e contém um ataque de tosse. Mão direita com mão esquerda. Um ataque de tosse contido, uma tosse de continência atacada, um continente de ataque tossido: a X inspiraexpira raso, a traqueia sufocada por uma nuvem de palavras nãoditas.

Quer um?

Y nega com um gesto: gesto.

Como tá o estágio?

No HU?

[ ].

Normal.

X olha para o lado esquerdo. O semáforo brilha em vermelho para os motoristas. A fila de carros estaca, a fila de carrosestaca, os carros de estaca filam, a estaca de filas carra. X e Y atravessam a rua pela faixa de pedestres. Um malabarista entretém os motoristas por uns trocados, os motoristas entretêm um malabarista por uns trocados, uns trocados entretêm, um malabarista troca, os motoristas malabaristam, o entreter motorista. E vice-versa. X e Y atravessam a rua pela faixa de pedestres.

Eu fiz uma parada voltar.

Fez?

É óóóbvio que não: as manobras de reversão da parada cardíaca são, como diria o poeta, apenas um protocolo. Nenhum médico — e estudantes de medicina muito menos — se diz ou se sente ou se presume protagonista do protocolo, seja ele bem ou malsucedido. Fez uma parada voltar, por favor! Onde é que essa tal de X arranja o ego? Se a parada não tivesse voltado, ela ia ter culpa? Então.

O preceptor tinha saído pra comprar cigarro.

[ ].

Eu fiquei sozinha com o A_1 e o A_2.

Que fita.

Foi [

Foi importante? Foi significativo? Foi revelador? Foi emocionante? Foi eletrizante? Foi uma experiência religiosa? Foi um evento-âncora da vida? Foi uma daquelas coisas que fazem viciados largarem seus vícios? Foi uma daquelas outras coisas que fazem a gente pensar nem que seja por um instante que agora sim é que a gente entende o universo e que fazem a gente se sentir em harmonia cósmica?

] estranho.

Debaixo da marquise de um prédio mais ou menos histórico, um morador de rua com um vira-latas atravessado no colo resmunga em lá sustenido, pedindo esmola.

Estranho?

Como talvez também dissesse o poeta, há uma ligação axiomística entre ser médico e salvar vidas, e outra entre salvar vidas e fazer — fazer — uma parada voltar. Lá estava o paciente, velho e diabético e hipotenso e bradicárdico, e aí a X só olhou para o lado e BUM ele evoluiu para um estado de parada cardíaca e então de repente PÁ um procedimento de reanimação cardiopulmonar e o coração dele PIMBA voltou a sístolediástolear. Então ainda estava lá o paciente, velho e diabético e com o esterno quebrado mas pelo menos com o coração sístolediástoleando, e a filha do paciente do lado, agradecendo à X por — santa ignorância! — tê-lo trazido de volta à vida. Vê se pode. Isso o poeta provavelmente não diria, mas qualquer médico sabe: para um coração, estar parado não significa estar morto, voltar a bater não significa voltar a viver.

Bem estranho.

5.

Alguém ajuda o meu pai! Alguém ajuda o meu pai!

Um grito com tamanha carga dramática não acontece no mundo sem deixar marcas. Uma mulher está no carro com o pai, ela dirige, os dois conversam, ela o está levando para comprar calças novas, abriu mão da hora de almoço para fazer isso, é uma mulher atenta às necessidades do pai já idoso, é alguém na vida e sabe que deve isso a ele, se tiverem tempo, podem aproveitar para passar no banco ou na farmácia, ela pergunta aonde mais ele quer ir, ele não responde, ela olha para o lado, sente medo, o pai está passando mal, visivelmente passando mal, ela pergunta se está tudo bem, ele não responde. A mulher sente medo. Ela acelera com vontade, costura as filas de trânsito, ignora a sinalização, nem escuta os protestos dos outros motoristas, nada importa além da vida do seu pai, ela para em frente ao hospital e puxa o freio de mão e desce do carro e corre para o lado do passageiro e abre a porta e grita

Alguém ajuda o meu pai! Alguém ajuda o meu pai!

Nela, o grito produz alívio — chegou no hospital a tempo — e aciona um estado de apreensão: não há mais nada que ela possa fazer, é preciso esperar a resposta dos profissionais disponíveis, assistir ao desenrolar da cena e rezar por um final feliz, porque sem um final feliz este é o tipo de grito que abre na memória uma ferida difícil de cicatrizar, não só na mulher, mas também nos três acadêmicos de prontidão, os três acadêmicos que escutaram o pedido de socorro e ligaram, imediatamente, um estado de ação, três autômatos com o livro de regras fresco no lobo temporal medial: protocolo de conduta na unidade de pronto atendimento clínico, quarta sessão, parágrafo décimo oitavo: no caso de, durante a muito irresponsável ausência do preceptor, uma mulher chegar com o pai em estado de choque e gritar

Alguém ajuda o meu pai! Alguém ajuda o meu pai!

6.

(1) O paciente surge caído jogado na cama-maca diante dos acadêmicos (2) a X olha para o lado e xinga o preceptor (3) o A_1 fala o paciente parou (4) o A_2 repete o paciente parou (5) os dois olham para X a acadêmica mais experiente (6) ela pensa dois minutos de compressões e (7) ela fala dois minutos de compressões e depois o desfibrilador (8) ela pensa é um velhinho mas o dever ético de dar início ao procedimento de reanimação em qualquer perguntar para a filha sobre doenças cujo curso natural é o dever ético de compressões e depois perguntar para a filha sobre um velhinho de dar início ao dever em qualquer paciente para uma doença cujo curso natural é o procedimento ético mas (9) ela conecta os eletrodos ao paciente (10) o A_2 assume a posição (11) o A_2 pergunta como é mesmo (12) o A_1 responde três vezes trinta por dois em um minuto e aí troca pra mim, mais um minuto e aí é o choque (13) uma enfermeira segura o dispositivo bolsa-válvula-máscara na boca do paciente (14) o monitor indica fibrilação ventricular sem pulso (15) a X supervisiona o paciente e o monitor e os acadêmicos e a enfermeira (16) o A_2 começa um dois três quatro cinco seis sete oito nove dez onze doze treze catorze quinze dezesseis dezessete dezoito dezenove vinte vinteum vintedois vintetrês vintequatro vintecinco vinteseis vintesete vinteoito vintenove trinta (17) a enfermeira preenche os pulmões do paciente com oxigênio, duas vezes (18) a X passa o gel nas duas pás (19) o A_2 continua um dois três quatro cinco seis sete oito nove dez onze doze treze catorze quinze dezesseis dezessete dezoito dezenove vinte

vinteum vintedois vintetrês vintequatro vintecinco vinteseis vintesete vinteoito vintenove trinta (20) a X pensa talvez eu devesse ter tentado um choque antes de perguntar para a filha sobre o dever ético de (21) a enfermeira preenche os pulmões do paciente com oxigênio, duas vezes (22) o A_2 continua um dois três quatro cinco seis sete oito nove dez onze doze treze catorze quinze dezesseis dezessete dezoito dezenove vinte vinteum vintedois vintetrês vintequatro vintecinco vinteseis vintesete vinteoito vintenove trinta (23) a enfermeira preenche os pulmões do paciente com oxigênio, duas vezes (24) o A_2 troca de posição com o A_1 (25) a X pensa dois minutos de compressões e (26) o A_1 começa um dois três quatro cinco seis sete oito nove dez onze doze treze catorze quinze dezesseis dezessete dezoito dezenove vinte vinteum vintedois (27) o barulho CRAC do esterno se quebrando o trabalho agora facilitado (28) o A_1 continua vintetrês vintequatro vintecinco vinteseis vintesete vinteoito vintenove trinta (29) a enfermeira preenche os pulmões do paciente com oxigênio, duas vezes (30) o A_1 continua um dois três quatro cinco seis sete oito nove dez onze doze treze catorze quinze dezesseis dezessete dezoito dezenove vinte vinteum vintedois vintetrês vintequatro vintecinco vinteseis vintesete vinteoito vintenove trinta (31) a enfermeira preenche os pulmões do paciente com oxigênio, duas vezes (32) o A_1 continua um dois três quatro cinco seis sete oito nove dez onze doze treze catorze quinze dezesseis dezessete dezoito dezenove vinte vinteum vintedois vintetrês vintequatro vintecinco vinteseis vintesete vinteoito vintenove trinta (33) a enfermeira preenche os pulmões do paciente com oxigênio, duas vezes (34) a X encosta as pás no tórax do paciente (35) o barulho ZUM do choque (36) o monitor responde.

(37) A enfermeira pensa deu tudo certo.

(38) A X, o A_1 e o A_2 pensam fizemos tudo certo.

7.

Protocolo de conduta na Unidade de Pronto Atendimento Clínico, quarta sessão, parágrafo décimo oitavo — DAS MANOBRAS DE SUPORTE BÁSICO E AVANÇADO DE VIDA: após a detecção da parada cardiorrespiratória, o profissional da saúde deverá dar início imediato às manobras de suporte de vida: ressuscitação cardiopulmonar (RCP), acesso venoso, administração de drogas, desfibrilação. As paradas cardiorrespiratórias podem se apresentar em quatro formas: fibrilação ventricular, taquicardia ventricular, atividade elétrica sem pulso, assistolia. Para as duas últimas a recomendação é proceder com a RCP, dando ênfase às compressões torácicas de alta qualidade, e com as manobras de suporte avançado. A cada 30 compressões torácicas, o profissional da saúde deve ventilar a vítima 2 vezes; cada ventilação deve durar 1 segundo; depois de 2 minutos (5 ciclos) de 30 compressões por 2 ventilações, o pulso da vítima é checado. No caso de manutenção da AESP ou da assistolia, o procedimento deve ser repetido (por causa da exigência física de realizar a massagem cardíaca, recomenda-se, neste momento, a troca do profissional). Para fibrilação ventricular e taquicardia ventricular, a recomendação é de choque imediato, seguido de, caso não reverta a situação, RCP e manobras avançadas. A sequência de atendimento para FV e TV é: choque, 2 minutos de RCP, choque. Nos casos em que a vítima não recebe o suporte básico durante os primeiros 4 minutos de parada cardiorrespiratória, o profissional pode optar por alterar a sequência padrão de atendimento, iniciando com 2 minutos de RCP para então proceder à desfibrilação.

8.

A mulher abraça a X. Ela cheira a protetor solar fator sessenta. Muitíssimo obrigada, doutora, muito muito obrigada. A mulher solta a X. Ela cheira a protetor solar fator sessenta. A X reprime uma súbita ânsia de vômito, uma súbita ânsia de vômito reprime a X, a repressão anseia uma X de vômito súbito, a ânsia reprimida vomita uma súbita X. E doutores, muitíssimo obrigado, doutores, vocês trouxeram o meu paizinho P de volta à vida. A X tenta sorrir. O A_1 e o A_2 também. Vocês salvaram salvaram salvaram [

Nós estávamos bem aqui, senhora, sabemos o que aconteceu.

] a vida do meu paizinho P. A voz da mulher é uma voz de mulher. O A_1 e o A_2 tentam não rir. A enfermeira já voltou ao trabalho. A cama do paciente P precisa ser levada dali. Por enquanto, o A_1 e o A_2 não riem. A X tenta sorrir. Muito obrigada, doutora, muito doutora obrigada, obrigada muito doutora, doutora muitobrigada.

Salvar uma vida deve ser a melhor sensação do mundo.

O A_1 começa a tossir. A mulher o acode com tapinhas nas costas. Ela cheira a protetor solar fator sessenta. A cama do paciente P precisa ser levada dali. O A_1 para de tossir.

Pronto: isto é quase como salvar uma vida.

Mas não é brincadeira: este momento não é brincadeira, ele é importante e significativo e revelador e emocionante e eletrizante: uma experiência religiosa: um evento-âncora da vida, e a mulher precisa que o A_1 e a X e o A_2 saibam: o que ela diz também não é brincadeira, é gratidão da mais genuína, o paciente P estaria morto se não fossem a X e o A_2 e o A_1, a mulher entende isso e precisa transmitir a gratidão que está sentindo neste momento tão especial.

Muitobrigada, doutores.

A enfermeira já voltou ao trabalho. A X consegue sorrir. A mulher cheira a protetor solar fator sessenta. O coração do paciente segue sístolediástoleando. A mulher está feliz com o final feliz. O sorriso da X se desfaz aos poucos. Ela não percebe. A mulher sente o grito cicatrizando, o sentimento grita a cicatriz mulherando, o grito cicatriza a mulher sentindo, a cicatriz sente a mulher gritando. O A_1 e o A_2 levam a cama do paciente dali.

Salvar uma vida deve ser a melhor sensação do mundo.

Deve mesmo.

9.

De nada, denada, galera, o show é de graça, é pra isso que estão aqui o A_1 e o A_2, salvar vidas é só o trabalho deles, coisa de rotina, o paciente P não foi o primeiro e está longe de ser o último: quem achar que consegue morrer na frente deles, pode vir, mas se vier, já aproveita e vem armado, pronto pra atirar na própria têmpora. Aqui o fervo *never ends*, só vai quem não tem frescura. Abram alas, manas e minas, cachorras e senhoritas, A_1 e A_2 estão passando com a cama do paciente P, pressão sistólica normal e sessenta batimentos cardíacos por minuto, gângster *style*, tudo extremamente fodástico, eles sabem, mas não tem essa de implorar de tirar as roupas de jogar as calcinhas de pedir autógrafo nos peitos, o turno deles ainda não acabou: outras vidas esperam em todos os cantos deste hospital. Também não há motivo pra desespero, uma quantidade assim de feromônios eles farejam a distância, a que quiser tentar a sorte, mande uma mensagem, marque uma hora particular com qual deles preferir e com o respectivo antebraço, leia-se, o respectivo fêmur, leia-se, já deu pra entender. Mas lembrem-se: aqui o fervo *never ends*; só vai quem não tem frescura; o show é de graça; denada, galera. Como está o paciente P? Estável: extremamente fodástico.

10.

Teu corpo deitado, teu corpo feito de muitas partes, as partes do teu corpo sentindo dor. As partes do teu corpo vivas, as partes vivas do teu corpo, todas as partes do teu corpo: vivas. Sentindo dor. E você. É você. Você é: o teu corpo deitado, o teu corpo feito de muitas partes, as partes do teu corpo sentindo dor. A dor sentindo as partes do teu corpo, o teu corpo doendo o sentimento das partes, o sentimento partindo o teu corpo de dor: é você. E você. Vivo. Você é sentindo dor você é as partes vivas do teu corpo você é todas as partes do teu corpo: vivas. Sentindo dor enquanto vivas, vivas enquanto sentindo dor, enquanto doído sentindo vida, sentimento vivo enquanto doendo. E você. É você. Se você. Fosse tivesse sido pudesse ter sido. Você é o teu corpo deitado, deitar é você encorpado, o corpo é deitar teu você. Vivo. As partes do teu corpo: vivas. E você: vivo. É você: vivo. Se você: vivo. Fosse tivesse sido pudesse ter sido. Se você pudesse gritar, teu corpo deixa escorrer lágrimas que não são de dor.

11.

O metrô é um espaço de loucos, de loucura, e o hospital é o seu inverso: um espaço de normas. De todos os olhares possíveis na vasta malha de vagões e plataformas e estações, prevalecem nos corredores e quartos e salas de exame apenas dois, uma redução que se deve não tanto às características dos espaços, mas do tempo que os rege. Presente e passado, tão instáveis na concretude de já existir e já ter existido, são incapazes de normatizar, convidam à multiplicidade caótica, e é nestes tempos que vive o metrô: quem são os passageiros, o que os trouxe até ali, o que fazem todos os dias, como se diferenciam entre si. São as nuances das respostas de cada pergunta que ampliam o espectro de olhares. Já o futuro, este sim é etéreo o bastante para sustentar normas rígidas, e dentro do hospital ele permite apenas uma pergunta, da qual derivam os dois olhares possíveis. O dos que vão sair do hospital, o dos que não: um espaço de normas. E, no entanto, as coisas são o que são, tanto no hospital quanto no metrô.

12.

O clic-clac de um lado para o outro nos corredores e nos quartos e nas salas de exame e a X, linda de carneosso, atravessa a rotina como o metrô atravessa a cidade, faz paradas pelo caminho mas não perde o ímpeto de chegar ao destino mas quando chega ao destino faz meia volta mas não perde o ímpeto de chegar ao destino mas faz paradas pelo caminho, ela vai de um paciente a outro, preenche formulários, coleta sangue, pede exames, atravessa a rotina como o metrô atravessa a cidade, programada para fazer as paradas que está programada para fazer, na hora em que está programada para fazê-las, conversa com pacientes e médicos e médicas e visitantes e enfermeiros e enfermeiras, atravessa a rotina como o metrô atravessa a cidade, por dentro de um túnel escuro conectado à superfície pela presença e pelo toque e pela voz dos passageiros, os frequentes e os nem tanto, e a X, ainda assim, por causa disso, linda de carneosso, um corpomatéria de carbono, água e nitrogênio movido a memórias e cloridrato de fluoxetina, um coração sístolediástoleando num tamborim inaudível, encoberto pelo clic-clac de um lado para o outro.

13.

O preceptor entra no hospital. Os acadêmicos fingem não perceber, o hospital — menos duas enfermeiras — não percebe de fato. Elas sim, elas percebem. O preceptor tem um maço de cigarros no bolso. O A_1, o A_2 e a X seguem com o trabalho. O preceptor troca algumas palavras com as enfermeiras que percebem. Ele tem um maço — menos um cigarro — no bolso, tem os ouvidos embotados pelas palavras das enfermeiras, tem o cheiro do hospital já entranhado na pele, tem mais alguns anos antes de se aposentar. O A_1, o A_2 e a X seguem com o trabalho, o trabalho segue com o A_1, o A_2 e a X. O preceptor se aproxima dela. As enfermeiras percebem.

Como está o paciente P?

Vivo.

Se não, o preceptor estaria fodido do rabo até a garganta: suspenso com certeza, demitido provavelmente, talvez até cassado. Bye-bye vida mansa e aposentadoria, alô desemprego e alcoolismo. Bela troca ele escapou de fazer por causa de um cigarro.

E você?

Eu também.

O preceptor fica aliviado pelo que aconteceu, fica com medo pelo que poderia ter acontecido, fica sem palavras com o desrespeito da X. Ele tem um maço menos um cigarro no bolso. O A_1 e o A_2 seguem com o trabalho, o trabalho segue com o A_1 e o A_2, a X se afasta do preceptor e segue com o trabalho, ela se afasta do preceptor e o trabalho segue com ela. O preceptor finge não perceber, o hospital — menos duas enfermeiras — não percebe de fato. Ele sai para fumar mais um cigarro. As enfermeiras percebem.

14.

E que tal a pokerface dela mandando a real pro doutor? Ela usa tanto essa pokerface que nem sei mais diferenciar: mandando a real ou ouvindo bronca ou conversando com os outros acadêmicos. Se fosse diferente em cada situação, não ia ser pokerface, né, menina. É. Pois então. O quê? Que tal a dela mandando a real pro doutor? Ela usa tanto. Mas não é de ficar preocupada, essa gente mais novinha precisa de fazer assim até se acostumar, se não iam andar por aí com cara de medo e de nojo e de riso o tempo todo. Sei não. Pois eu sei. Dá bom dia de pokerface, conversa de pokerface, vê uma parada voltar de pokerface, manda a real pro doutor de pokerface. Já falei que não é de ficar preocupada. E o velhinho que ela viu voltar também não ajuda. Mas de onde essa cisma agora? Vou dizer de onde, essa coisa daqui a pouco se espalha feito colônia de fungo, vira pokervoice, depois pokerlinguagemcorporal, até chegar no pokersistemalímbico. Sei não. Pois eu sei. Mesmo se for: é da tua conta? E que mal ela te fez pra gerar esse descaso? Fez mal nenhum, mas também não fez bem. Não custa nada ajudar. Ajudar? Ajudar.

15.

X está com Y ao telefone. Ela sai do hospital na hora do almoço, mas não tira o jaleco, vê passarem as pombasbarataspessoas, escuta mais do que fala e precisa pedir que Y repita. X está com Y ao telefone. Homens e mulheres ficam na frente do hospital como numa estação de metrô nos horários de pouco movimento, a alguns passos umas das outras, usando os celulares e procurando saber as horas e olhando para os lados e evitando olhar umas para as outras, mas nem sempre resistindo. X está com Y ao telefone. Ela fala te amo e desliga, desliga ela e fala te amo, ela ama e te fala desliga, te desliga e fala amo ela, fala desliga-te e ela ama, falar te amo desliga ela. Uma mulher — uma metamulher — se encosta na parede ao lado de X, a menos do que alguns passos. O dia está bonito.

Você tem um isqueiro?

Não.

É meio idiota, né, pedir um isqueiro para uma funcionária da saúde, é, meio idiota, aliás, a metamulher deduziu por causa do jaleco, mas a X é médica? Sim, quer dizer, ela é estagiária, está às vésperas de terminar a faculdade de medicina: escuta electro-swing, pega o metrô e é estagiária aqui no hospital. E ela gosta? Sim, a X é muito boa no que faz. Hoje, ela fez uma parada voltar.

Você [

Vem sempre aqui? Essa sim é uma pergunta idiota. Sempre e nunca são palavras permanentes demais para descreverem o mundo, não resistem à passagem do tempo, caem logo em contradições, e a metamulher tem jeito de quem talvez já devesse ter aprendido isso empiricamente. Pois esteja dito: você vem sempre aqui é uma pergunta idiota.

] parece meio familiar.

É o jaleco: todo mundo fica parecido de jaleco.

A sirene de uma ambulância se faz escutar, atrai os olhares dos homens e mulheres na frente do hospital como o barulho do metrô chegando na estação.

Eu preciso voltar ao trabalho.

Um aceno com a cabeça em dois movimentos: o primeiro, ascendente, acompanhado de um sorrisoesboço, e o segundo, descendente, que tenta passar o primeiro a limpo. A X entra no hospital, as pupilas se ajustam à claridade, ela inspiraexpira fundo, de volta ao clic-clac de um lado para o outro nos corredores e quartos e salas de exame, inspiraexpirando fundo, sempre — sempre — linda de carneosso. E do lado de fora as pombasbarataspessoas de passagem, os homens e mulheres como se esperassem o metrô, a metamulher com um isqueiro emprestado na mão, acendendo o cigarro.

16.

Hora de salvar salvar salvar mais uma vida? O A_1 e o A_2 estão mais que prontos, a X: nem tanto. Mas pronta ou não, aqui vão eles todos pacientes Ps uma gentinha que — às vezes compaixão e empatia ficam fora de alcance — nasceu pra fazer bosta, e PLAFT uma reação alérgica severa a amendoim por que você comeu amendoim se já sabia que era alérgico e TCHUM uma provável overdose provavelmente acidental de sabe-se lá o quê agora você está aí catatônica e sem nome e sem documentos e sem acompanhantes mas a *rave* foi provável e figurativamente inesquecível e CATAPLAU o tornozelo fraturado e um par de megacacos de vidro enterrados nas mãos será que era mesmo necessário pular o muro do terreno baldio pra atiçar o pobre coitado que estava ali dentro justamente pra evitar ser atiçado e TUSCH a X faz o trabalho sem reclamar.

Mas segundo a norma do hospital, esses pacientes não preocupam: o A_2 e a X e o A_1 olham para eles e sabem que vão sair porta afora, no máximo, até a próxima semana; e do paciente P, sabem que não sairá: ele tampouco preocupa. Então por que os acadêmicos têm atitudes tão diferentes? O A_1 e o A_2 e a X veem o corpo do paciente P, que é apenas o corpo do paciente P, veem que ele continua estável, e isto não significa nada além de que os protocolos de atendimento estão sendo bem executados. No hospital, as coisas são o que são: o A_1 trabalha alegremente, o A_2 trabalha metodicamente, a X trabalha: as coisas são o que são, mas. Depois de serem, as coisas eventualmente se livram da norma, entram noutro espaço de loucura, o inverso do inverso: a memória de cada um. X rumina os eventos desta manhã, reluta e parece querer cuspi-los; já o A_2 tem a confiança nos protocolos renovada; e o A_1 pensa que o paciente P está longe de ser o último, e se lembra dos primeiros: do primeiro. O A_1 se lembra bem do primeiro:

17.

Caralho. Caralho (2). Quê que aconteceu com esse cara? Deve ter se jogado da janela. Não, os socorristas disseram que esse aí é um daqueles missionários, acho que essa galera não pode cometer suicídio. Então deve ter sido espancado. Foi. Teve um caso parecido na semana passada, mas o paciente já chegou aqui morto. Qual é a pira de espancar missionários? Sei lá, mas acontece de vez em quando. Você quer dizer que tem uma gangue de neandertais por aí que se especializa em espancar missionários? Uma gangue, ou uma pessoa só. Queria ver o Freud analisando isso. Hahaha. Kkk. Esse aqui é um daqueles Santos dos Últimos Dias? Nem ideia. Por quê? O Dr. O não contou pra vocês? Quem? Um obstetra, baixinho assim, de óculos. Uhm. Teve que ensinar um casal desses a trepar. [ ]. Eles não sabiam, chegaram na consulta dizendo sei lá o quê, porque a gente casou há dois anos e não consegue ter filhos e será que ele não podia ajudar. [ ]. Aí o O foi perguntando de frequência, métodos contraceptivos que ela já tinha usado e essas coisas, eles disseram que a média era três vezes por semana e que o método contraceptivo antes do casamento era nunca trepar, e que depois do casamento não teve nenhum. [ ]. Mais sucção aqui. [ ]. Ele deixou quieto e pediu para examinar a mulher, aí viu que ela ainda era virgem e se tocou. Kkkk. Hahahaha. E aí? Aí o O explicou que, baseado no exame, eles nunca tinham trepado, e convenceu os dois a fazerem uma demonstração. [!]. A mulher ficou deitada assim, sem se mexer, ela estava de vestido ainda e nem tirou a calcinha, só ficou ali. [ ]. Aí o cara se ajoelhou no meio das pernas dela, tirou o pau pra fora e ficou batendo aquele pau mole na região pélvica da mulher. [!!]. Até que daqui a pouco ele ficou duro, aí ela levantou bem o vestido e o cara gozou na barriga dela, meio que tentando mirar no umbigo. Hahahaha. Kkkkkk. Hahahaha. Bosta. [!!!]. Pressão arterial caindo. Taquicardia. Pega as pás, duzentos joules; e você, filma mais de perto aqui. [uma, duas, três vezes]. O show é de graça, galera do fervo *never ends*, é assim que eu comando o Centro Cirúrgico dessa porra #carpediem #fervoneverends.

O A_1 tem o vídeo salvo até hoje.

18.

O A_1 tem o vídeo salvo até hoje. Ele trabalha alegremente. A X trabalha. O preceptor está à vista. O A_2 trabalha metodicamente. As coisas são o que são, os seres são o que coisificam, o que são coisificam os seres. O A_1 tem o vídeo salvo até hoje.

Ei, X, quer ver uma coisa?

O quê?

Uma coisa.

Ah! Uma coisa, é claro que ela quer ver uma coisa, quem não ia querer ver uma coisa sem saber o que a coisa é, principalmente quando a coisa é uma coisa que ninguém ia querer ver se soubesse o que é antes de ver? O A_2 sabe o quê.

É um vídeo bem louco.

Do quê?

Quer ver ou não?

Um vídeo bem louco, ótimo, quase nada entra de fato nessa categoria. Um humanoide selvagem e um ornitorrinco cego jogando baralho na terceira lua de Saturno, todos os objetos da superfície da Terra sendo simultânea e rapidamente sugados para o núcleo, setenta quilos de carne moída em cima da mesa de cirurgia em torno da qual cinco pessoas mascaradas discutem a esterilidade misteriosa de uma mulher mórmon. Poucas coisas além dessas.

Quer ver ou não?

É aquele vídeo da cirurgia do missionário mórmon?

Como você sabe?

Todo mundo sabe.

A X não quer ver o vídeo. Ela quer trabalhar. Ela quer ir para casa. Ela quer saber como está o paciente P. Ela quer ser deixada em paz por A_1 e A_2. Ela quer um preceptor mais responsável. Ela quer passar algumas horas numa câmara de gravidade zero. Ela quer jogar baralho com um ornitorrinco cego na terceira lua de Saturno. Ela quer correr descalça por uma estrada de carvão em brasa. Ela quer trocar de lugar com o irmãozinho de catorze meses. Ela quer passar por uma experiência cheia de significado em relação à vida e à morte. Ela quer ir ver como está o paciente P. Ela vai.

Qual é o problema dela?

19.

Boa pergunta. A X até hoje não foi diagnosticada com TDAH, TOC, TEPT, TAG ou qualquer outro transtorno psiquiátrico, mas durante o quarto ano de faculdade, assim como quase todos os colegas, fez uso regular de clonazepam e metilfenidato para tratar os sintomas provocados pela rotina de trinta e seis horas em vinte e quatro, nunca por longos períodos contínuos, no máximo três semanas consecutivas, nas épocas de maior demanda. Ela se lembra da ansiedade e da exaustão física e mental e das súbitas náuseas e das brigas com Y e do medo e do desânimo: tudo muito esperado em meio àquela: porratoda. Mas ela se lembra também da satisfação de deixar para trás as expectativas e do prazer de ter todas as tensões aliviadas de uma só vez no fim do semestre.

Sua nova rotina não justifica quaisquer tensões nem a esperança de tê-las aliviadas, não justifica nada além de um contentamento a-, in-, des-, antidramático: é esse o problema dela? Boa pergunta. Só os calouros se recusam a tomar suplementos bioquímicos, por medo, no começo, e depois por teimosia. Todos se sentem inteligentes por conseguirem entrar na faculdade de medicina, acham que são alguém na vida e se consideram especiais, mas aos poucos percebem os próprios déficits neurofisiológicos em relação às exigências do curso e são obrigados a admitir que não são especiais nem são alguém na vida. A X já admitiu: é esse o problema dela? Boa pergunta. Depois de só alguns anos de estudo e de trabalho em hospitais e em unidades de saúde e em salas de emergência, a X começou a achar que, se o poeta de fato diz que há uma relação axiomística entre ser médico e salvar vidas, ele talvez não saiba do que está falando: é esse o problema dela?

20.

Ui, querida. Que pena. Um velhinho desses. Voltou pra pagar mais uns pecados. Com o esterno quebrado. Diabético. Hipertenso. E tá se comportando. Estável desde que chegou. Esse não vai muito cedo, não. Só pra te fazer sofrer, né, meu bem. O bom era se tivesse um jeito pra dar nele. E isso é coisa de falar, menina. Ué, dar um jeito. Mas, hein? O jeito, menina. Daí eu gostava. Escuta só, meu bem. Aconteceu há três anos. Veio uma banda de caridade tocar aqui no hospital. Umas músicas meio gospel meio hipponga. E no fim do dia eles não me tocam uma daquele padre popstar, como era o nome? Segura na Mão de Deus e Vai. Olha, meu bem, não deu uma hora. Seis pacientes que estavam pra ir, ó. Esse andar inteiro ficou deserto. E agora é assim. Quando tem um paciente se segurando do lado de cá, mas ninguém sabe como. A gente pega o foninho de ouvido aqui. E coloca pra escutar. Segura na Mão de Deus e Vai. Chega de sofrer, meu bem. Tá ruim pra vocês dois. E você viu a família? A filha tá que tá esperando um milagre. Mas já ficou avisada, né? Se levantar, meu bem, ele não vai. Daqui só sai na horizontal.

21.

A X com os fones de ouvido na mão, a postos com a pokerface das acadêmicas sofredoras, semiquerendo chegar perto do paciente P: porque será que obrigá-lo a escutar Segura na Mão e Deus e Vai é mesmo a única opção porque será que a X não consegue acreditar na possibilidade de um milagre quando olha a filha do paciente mas será que por definição um milagre não aconteceria independentemente das circunstâncias com ou sem fones de ouvido com ou sem RCP com ou sem hospital e será que se o paciente P tivesse coragem ele não diria à filha que não quer um milagre que já viveu o suficiente que foi feliz sempre que pôde que está preparado para o fim que agora chega dessa porratoda.

E, é claro, a X ainda com os fones de ouvido na mão decide se aproximar do paciente P, como todos já sabiam que ela faria porque, é claro, as duas enfermeiras não são as únicas que percebem para além da pokerface das acadêmicas sofredoras, e então, é claro, ela se ocupa por alguns segundos da prancheta com o histórico do paciente P e quando está prestes a encaixar os fones nos ouvidos dele, é claro, ele abre os olhos, o que interrompe o movimento da X. O início de um milagre, talvez, é claro, provavelmente não, como o paciente P está se sentindo, a X quer saber, bem, mal, lúcido, confuso, cansado, disposto, como o paciente P está se sentindo? Vivo, é ele quem quer saber, vivo? É claro.

22.

Ela vai de metrô sentido bairro, em pé, a postura rígida. São muitos os lugares vagos, mas ela não senta, fica muito deslocada no metrô vazio. X costuma se perguntar aonde vão todas as pessoas que a espremem pela manhã contra as paredes do vagão, mas em momentos assim ela se pergunta onde todas ficaram; lembra de ter pego o metrô tão vazio duas ou três vezes na vida. São anomalias do fluxo do transporte coletivo que nem os engenheiros e estatísticos responsáveis conseguem prever, interferências do inconsciente coletivo no funcionamento da cidade. Hoje, quem sabe, todos os potenciais passageiros Ps do vagão onde X está tenham sido compelidos a fazer uma hora extra no trabalho, ou então pararam numa lanchonete para comer um pastel, ou num bar para tomar uma cerveja, ou no meio da Praça por terem encontrado um velho amigo. Talvez cada um tenha se atrasado por um motivo particular, ou se adiantado. Fato é que nenhum deles está aqui.

X imagina estas cenas de imprevistos, algumas agradáveis, outras nem tanto, e percebe que as estava imaginando para as pessoas erradas. Afinal, ela também se atrasou, ficou no hospital dez minutos além do horário, com o paciente P, o suficiente para se desencontrar dos passageiros Ps habituais e cair num vagão do qual tantos outros Ps desviaram, por escolha ou por acaso. E, num dos raros instantes em que o fator ventura da vida se faz eminente, ao som do electro-swing rotineiro, ela encontra na parede uma frase riscada, o fim é o começo da poesia, e escolhe um assento para acomodar-se até chegar em casa.

23.

Os pais da X assumem uma pose muito digna no sofá da sala, tipo deixando o ar abafado com a aura de pais responsáveis, e ela, parada na soleira da porta, percebe e olha e pisca de um jeito todo desconfiado. O pai P acomoda melhor a bunda na almofada, a mãe M convida a filha a entrar logo de uma vez, será que a X não tinha tempo de conversar um pouco? Tem sim, é claro que tem, o pai P e a mãe M podem falar. Mas a filha não vai nem se sentar? Vai, se os pais quiserem, ela pode se sentar no sofá da sala também, sem problemas.

Nós estamos preocupados com você, querida.

O sofá é estranho, a X acha, ele parece de veludo, assim: quando alguém olha pra ele, pensa que é veludo, mas dá pra sentir, passando a mão num sentido e depois no outro, que na verdade não é veludo, ele não faz aquela coisa de ficar mais escuro e mais claro que veludo faz quando está penteado num sentido e depois no outro.

Tudo bem com você, filha?

Aham, só estou cansada.

Mas [

Quando a X se sentou, com a postura rígida, no canto mais distante do sofá, a mãe M virou o tronco, ficou de costas para o pai P, colocou a perna esquerda em cima da almofada, com o pé pendendo da borda. O sofá é bem estranho, a X acha.

] você tem certeza?

É só cansaço, não precisa se preocupar.

Ela sabe que, quando o pai disse nós estamos preocupados, ele quis dizer sua mãe está preocupada e me obrigou a participar dessa intervenção.

Você sabe que pode pedir qualquer coisa pra gente, né?

Aham, mas é que está tudo bem mesmo.

Quando X era adolescente, a mãe M costumava dizer que repetir várias vezes eu sei voar eu sei voar eu sei voar antes de se jogar de uma ponte não adianta nada, o que ela considera uma bela lição, mas assim: ela sabe que não está tudo bem e que não é só cansaço, mas também não é idiota de achar que vai mudar a realidade só de repetir o contrário, porque tipo: ela continua ativa no trabalho e ajuda a cuidar do irmãozinho e passa tempo com Y e toma cloridrato de fluoxetina.

Sabe, filha, repetir várias vezes eu sei voar eu sei voar eu sei voar antes de se jogar de uma ponte não adianta nada.

24.

O quarto é pequeno e a X dentro do quarto se prepara para dormir, o corpo cansado, o corpomatéria de carbono, água e nitrogênio já não movido a nada e o quarto feito de barulhos distantes, um carro derrapando um grito de júbilo um cachorro latindo e o coração da X sístolediástoleando dentro do quarto, e as paredes do quarto lisas e frias e pintadas da cor de um silêncio vulcânico prestes a. E o corpo da X, cansado e devagar e feito de uma vontade estranha bem estranha benhestranha de não ser. Ela pega da mesa de cabeceira o celular e se deita e pensa e lê pela janela o mundo, esse mundo era o único do estoque estava com cinquenta por cento off não aceitamos devolução nem troca mas veja bem ele até que é ajeitadinho cheio de coisas siderografadas na superfície por exemplo ruas e árvores e prédios e carros e nuvens de fumaça e pombasbarataspessoas e poemas de ódio e de angústia e de amor. Ela liga para Y; começam a conversar e só param quando caem no sono.

25.

Teu corpo deitado, teu corpo feito de muitas partes, as partes do teu corpo sentindo dor. As partes do teu corpo vivas, as partes vivas do teu corpo, todas as partes do teu corpo: vivas. Sentindo dor. E você. É você. Você é: o teu corpo deitado, o teu corpo feito de muitas partes, as partes do teu corpo sentindo dor. A dor sentindo as partes do teu corpo, o teu corpo doendo o sentimento das partes, o sentimento partindo o teu corpo de dor: é você. E você. Vivo. Você é sentindo dor você é as partes vivas do teu corpo você é todas as partes do teu corpo: vivas. Sentindo dor enquanto vivas, vivas enquanto sentindo dor, enquanto doído sentindo vida, sentimento vivo enquanto doendo. E você. É você. Se você. Fosse tivesse sido pudesse ter sido. Você é o teu corpo deitado, deitar é você encorpado, o corpo é deitar teu você. Vivo. As partes do teu corpo: vivas. E você: vivo. É você: vivo. Se você: vivo. Fosse tivesse sido pudesse ter sido. Se você pudesse gritar,

26.

Coitadinho do pepê chorando sem ninguém vir acudir, mas o pepê precisa aprender desde cedo que chorar e gritar e espernear não é garantia do favor alheio, às vezes é preciso suportar o desconforto de uma fralda molhada ou de uma barriga vazia, ou então enfrentar sozinho o medo de um bicho-papão: tudo isso ajuda a construir o caráter do pepê. Como ajudou a construir o da irmãzona. Que também acordou chorando, mas em silêncio e sem fome, sede, dor ou qualquer necessidade insatisfeita, quando um observador externo ousaria dizer que a sua vida é: perfeita. Ela não pede ajuda; ela se dispõe a ajudar.

O pepê vê a irmãzona a postos para o socorro, debaixo do arco da porta, com o corredor iluminado às costas; X acende a luz do quarto e vai até ele. Desculpa ter demorado tanto, pepê, desculpa desculpa desculpa. Diz onde é que dói. [ ]. Fez xixi? [ ]. Vem no colo da mana — uop.

O pepê fica confuso porque a mana está chorando com os olhos, mas não com a voz nem com o rosto nem com o corpo. Ele não sabe. Coloca a mão na bochecha da mana e seca ou tenta secar as lágrimas. X pousa o pepê no trocador e começa.

Ué? A fralda tá seca, pepê. [ ]. Tá tudo bem? [?]. [ ]. Mana. É, a mana tá preocupada por causa desse berreiro todo. [ ]. Tá com dor de barriga? [ ]. Abre a boca, pepê, deixa a mana ver; vira a cabeça, agora pro outro lado. Mana. O que você tem, pepê?, diz pra mim. [ ]. Não sei, pepê; tá com o coração partido? [ ].

Tá em crise existencial, tá?, tá com medo da indiferença do universo?, tá perdendo a esperança na humanidade? [ ]. Dá a mãozinha aqui: fala assim: ser ou não ser — eis a questão. [ ]. Fala, pepê, fala: ser ou não ser — eis a questão. Papá. Você tá com fome? [ ]. Mas ainda nem tá na hora de comer, pepê.

A mana continua chorando só com os olhos; o pepê não sabe.

27.

O tlac do papel-metal rasgando e do plástico sendo amassado pela pressão de um polegar que empurra a pequena cápsula, a maneira como a cápsula não cai, mas fica pendurada no vão aberto da embalagem, a fonte miúda indicando a dosagem, o jeito de meio colocar meio jogar o comprimido para dentro da boca com um movimento rápido da mão espalmada, o sabor ruim da água da torneira: a X sai do banheiro depois de tomar o remédio, sai do quarto, deixa para trás a luz apagada e a porta fechada e uma mancha de umidade na fronha do travesseiro.

O pai P e a mãe M estão tomando o café da manhã, agradecem por X ter levantado para trocar o pepê. De nada, aos pais e aos profissionais dedicados à invenção de táticas para educar bebês e crianças e adolescentes, táticas para lidar com quaisquer diferenças, dificuldades, mudanças psicológicas e surtos de rebeldia; a X não se importa de ter levantado, de nada.

Não vai comer nada, filha?

Ela já está pronta para sair, vai tomar café perto do hospital, na companhia de Y, e não está com fome. Tchau, pai P; tchau, mãe M; tchau, pepê, tomara que tenham um bom dia. A X volta, no mais tardar, amanhã, não é o caso de uma despedida dramática: ela pega a bolsa-saco; ela bebe um copo de água; ela encaixa nos ouvidos os fones do celular; ela olha a tela do celular; ela está pronta para sair; ela sai; ela deixa para trás o pepê, a mãe M, o pai P, a luz apagada, a porta fechada, a mancha de umidade na fronha do travesseiro.

Ela vai de metrô sentido centro.

28.

Quase no meio da fronha bege há uma mancha de umidade. A mancha tem o formato de uma ameba, mas se uma ameba se apresentasse com este formato aos olhos de um biólogo, ele a acharia esquisita. O formato é o de uma ameba esquisita e visível a olho nu. Ela fica, quem sabe, dois tons abaixo do resto da fronha numa paleta de tons pastéis. A mancha de umidade está gelada, não mais gelada do que é esperado dela, talvez até um pouco menos. Ainda assim, está gelada. A umidade da mancha veio de lágrimas, e as lágrimas foram choradas por uma pessoa. A mancha não existiria sem as lágrimas, nem as lágrimas sem a pessoa.

A mancha está quase no centro da fronha, em volta do travesseiro, em cima da cama, dentro do quarto. O quarto está vazio de pessoas. A mancha está sozinha dentro da escuridão do quarto. O que não muda nem apaga suas características. A única coisa que pode mudar ou apagar suas características é o tempo. O tempo está passando o tempo inteiro. A temperatura, o formato, e a cor da mancha estão mudando o tempo inteiro porque o tempo está passando o tempo inteiro. Logo a umidade estará toda evaporada e a mancha não existirá. A umidade continuará existindo no ar, mas a mancha não.

A mancha não faz ninguém feliz ou triste, não é especial, apesar de ser esquisita, e não sente nada em relação à fronha nem ao travesseiro nem à cama nem ao quarto. Ninguém se importa com sua existência temporária, e é possível que ninguém a tenha notado, talvez nem mesmo a pessoa de cujas lágrimas ela nasceu. O que não chega a ser importante, a mancha sequer conhece essa pessoa, sequer cogita a respeito de sua natureza. A única realidade da mancha é a escuridão e a passagem do tempo. A mancha não tem nome próprio, nem a escuridão, nem o tempo.

29.

Parece que foi mesmo bem estranho, a X não estava exagerando, benhestranho, a X não exagerava estando, o exagero não estava X-ando. E debaixo da marquise de um prédio mais ou menos histórico, o morador de rua com um vira-latas atravessado no colo resmunga em lá sustenido, pedindo esmola.

E a monografia?

Ainda coletando dados.

[ ].

Vou ver o que o orientador fala na reunião de hoje.

Pois é: ainda. X e Y ainda de mãos dadas, o clic-clac ainda moderado, ainda na direção da faculdade, a nuvem de palavras; ainda. A X sabe como é: ela já passou pela monografia, a monografia já elou pelo passado, o passado já monografou por ela. A X abre a boca.

Ei, XY.

Ela fecha a boca, Y faz um gesto: gesto.

Depois eu falo.

Porque lá vem vindo um menino do segundo ou terceiro ano, pesadíssimo, com o Casos Clínicos do DSM-5 aberto um pouco antes da metade. Como alguém consegue gostar da área de psiquiatria?

Ei, XY, escutem só:

Putaquepariu. Escutem só, num contexto que inclui um livro de casos de alucinações de natureza espiritual, transtornos induzidos por substância, psicoses, depressão, ansiedade, transtornos esquizofreniformes, sem contar os casos mais graves, raramente inicia uma frase que termina bem.

Um alto funcionário do setor financeiro, branco, 43 anos, sem histórico de doenças crônicas, se apresentou no hospital com a esposa porque ela estava preocupada.

Só raramente? Nunca talvez fosse melhor, mas nunca é aquela coisa, né — escutem só: terminei de ler; escutem só: esse livro é uma bosta; escutem só: vou vender esse livro e usar o dinheiro pra comprar cerveja —, permanente demais para descrever o mundo. Dessa vez, porém: um alto funcionário, bláblábláblá, distância da família, comportamento antissocial, tititi, cocaína pra render melhor no trabalho, abuso de bebidas alcoólicas, nhenhenhem, estresse, insônia, sentimento de culpa.

E escutem só essa parte: na entrevista particular ele confessou ter pensamentos sobre a morte, mas sem planos concretos de colocá-los em prática.

E agora o menino vai dar o diagnóstico e perguntar se talvez quem sabe não existe uma chance de ele sofrer da mesma doença, porque ele acha que essa é a única explicação para ele ultimamente não estar dando conta da porratoda, porque ou é isso ou então ele não tem dado conta porque ele tautologicamente não dá conta, então deve existir pelo menos uma chance de ele sofrer da mesma doença, mas é claro que não existe, porque se ele tiver essa porra dessa doença, todo mundo nessa porra de campus também tem: porque ninguém dá conta de lidar com a ansiedade e o tédio e a desatenção e os óbitos e a incapacidade e a solidão e tudo que faça parte da: porratoda. Onde é que esse calouro arranja o ego?

E o diagnóstico:

Y faz um gesto: gesto.

O diagnóstico:

Gesto, gesto, gesto.

Diagnóstico:

A X fez uma parada voltar.

Fez?

Ela olha por cima do ombro, o malabarista deixa cair as bolinhas, as bolinhas deixam cair o malabarista, a deixa malabarista bolinhar a queda, o malabarista bolinha cair a deixa, a queda deixa malabaristar as bolinhas.

(braço direito)

1.

Filha e filho estão dormindo; a esposa o espera do outro lado da porta do banheiro, semideitada na cama, a pele árida escondida por trás da camisola e do perfume de rosas búlgaras e peônias. O sujeito S espera sentado na borda da banheira, os ouvidos embotados pelo barulho da torneira aberta, os pés descalços sobre o piso escorregadio de gotículas de umidade condensada; ele pensa na esposa do lado de fora, entediada com a espera, sem saber o porquê da demora, sem coragem de perguntar. S sente um leve calafrio apesar do ar abafado e tenta relaxar o corpo, levanta, estica as pernas, traciona a coluna; espera; ele fecha a torneira, para na frente do espelho e abre com a mão direita uma janela irregular no vapor sobre a superfície polida. Se ele pudesse gritar,

O sujeito S veste o robe; o comprimido azul (matriz CMYK: 73%, 50%, 0%, 0%) começa a fazer efeito.

2.

A esposa do sujeito S, uma pessoa com voz de mulher e rosto de mulher e cabelos e corpo de mulher, é uma mulher: a mulher M.

Rosas búlgaras e peônias têm fragrâncias muito estimadas pelos maiores fabricantes de perfumes do mundo.

A filha do sujeito S nasceu há mais de vinte anos; o filho, há menos de dois.

Se o solo é árido, ele não é fértil.

Deixar a torneira aberta enquanto escova os dentes — e enquanto espera o citrato de sildenafila fazer efeito não é diferente — pode gerar um desperdício de trinta e cinco litros de água.

A condensação é a passagem da matéria do estado gasoso para o estado líquido.

Ficar "entediada com a espera, sem saber o porquê da demora, sem coragem de perguntar" é indicativo de falta de excitação por parte da mulher M.

O sujeito S aprendeu nas aulas de yoga que tracionar a coluna é benéfico para as vértebras e discos intervertebrais.

Se ele pudesse gritar, ele não pode gritar, mas na verdade ele pode sim porque seus lábios e língua e dentes e laringe e cordas vocais e glote e traqueia e pulmões em suma todo o seu aparelho fonador funciona bem então se ele pudesse gritar, ele não pode gritar.

Robes e camisolas são peças de vestuário íntimo, infelizmente.

3.

Os lábios se tocam, as pontas das línguas. O sujeito S está sentado na beirada da cama, a mão direita apoiada no quadril da mulher M, a esquerda um pouco perdida na superfície do colchão; ele sente os dedos da esposa escorrerem do pescoço para os ombros, abrindo o robe com cuidado, os dedos da esposa como os estilhaços superficiais de um passado que tenta emergir na pele de ambos. A mulher M termina de abrir o robe do sujeito S, que muda de posição para colocar-se por cima da mulher M. Eles se abraçam, cheios de emergência. O sujeito S começa o movimento com os quadris, devagar e repetitivo, a mulher M sente gotículas de suor brotarem no pescoço e no peito e no umbigo e nas coxas; ela aperta ainda mais o abraço, faz força para girar o próprio corpo e o do esposo, colocando-se por cima. Ele apoia as mãos na cintura da esposa e sente o suor da pele e o tecido da camisola colado à pele e o atrito do corpo dela se movendo, mais veloz, ele escorrega as palmas até as nádegas da mulher M, contrai primeiro os dedos, e depois dos dedos o corpo todo. A mulher M sente o esposo relaxar a musculatura e se afasta para o lado. Os dois abrem os olhos, o sujeito S levanta o tronco, senta-se de novo na beirada da cama.

Eu vou pegar um copo d'água.

[ ].

Você também quer?

4.

Tic-tac tic-tac copo-d'água glup-glup tic-tac 01h05min tic-tac glup-glup dor-de-cabeça noite-estrelada tic-tac 14° glup-glup tic-tac problemas-de-ereção aleluia tic-tac tic-tac

01h05min tic-tac ácido-acetilsalicílico glup-glup tic-tac 14° noite-estrelada demissão tic-tac dor-de-cabeça glup-glup copo-d'água problemas-de-ereção 01h05min tic-tac tic-tac glup-glup aleluia ácido-acetilsalicílico tic-tac previsão-de--chuva glup-glup 14° copo-d'água tic-tac demissão copo--d'água glup-glup tic-tac tic-tac dor-de-cabeça aleluia tic-tac glup-glup ácido-acetilsalicílico 01h05min tic-tac demissão noite-estrelada glup-glup copo-d'água tic-tac dor-de-cabeça aleluia tic-tac tic-tac 14° noite-estrelada 01h05min tic-tac problemas-de-ereção copo-d'água glup-glup tic-tac ácido-acetilsalicílico demissão aleluia tic-tac glup-glup tic-tac previsão-de-chuva 01h05min tic-tac dor-de-cabeça 14° copo-d'água glup-glup demissão tic-tac noite-estrelada ácido-acetilsalicílico glup-glup copo-d'água tic-tac problemas-de-ereção tic-tac tic-tac tic-tac tic-tac tic-tac tic-tac tic-tac tic-tac tic-tac tic-tac tic-tac tic-tac 01h06min

5.

De volta ao quarto, o sujeito S deita o corpo em silêncio. A mulher M está no banheiro e o sujeito S está deitado em silêncio, ele escuta o barulho do chuveiro e o barulho da cidade e o barulho de um grito de um latido de um cachorro e ele amassa o travesseiro e olha as horas no relógio de cabeceira e se encolhe na cama com as costas viradas para o lado da mulher M que é o mesmo lado da porta do banheiro. Ele começa a chorar em silêncio.

O que faz todo o sentido porque afinal ele é o único homem do universo que tem simultânea e irônica e duramente (1) problemas de ereção e (2) uma esposa que ele humildemente considera muitíssimo mais gostosa do que as esposas dos colegas do trabalho.

Mais um barulho e lágrimas que não são de dor. E o sujeito S em silêncio, S em silêncio e o sujeito, e o silêncio em sujeito S, S em sujeito e o silêncio, e o silêncio S em sujeito. Mais um barulho de um grito de um latido de um cachorro da cidade do chuveiro e lágrimas que não são de dor. Foi a primeira vez desde o bebê, mas ainda não deveria ter sido.

Os olhos fechados, as mãos na cintura da esposa, um copo d'água, você também quer? Pff. É difícil saber de onde o sujeito S tira tanto romantismo e ardente paixão. Sem nem mencionar o comprimido azul. É difícil saber como a mulher M suporta tanto romantismo e ardente paixão.

E lágrimas que não são de dor.

6.

A mulher M fecha a porta do banheiro, sente o ar ainda denso de vapor, olha-se pela janela que o sujeito S abriu no espelho e com uma toalha abre uma maior. O marido volta ao quarto, não fala nada; ela liga o chuveiro, desveste a camisola e espera um minuto até a água esquentar e entra debaixo do chuveiro. Se ela pudesse gritar, ela também não pode gritar. A mulher M se desfaz do suor do corpo, deixa a água quente escorrer por vários minutos e fecha os olhos e imagina. Deveria ter sido a primeira vez desde o bebê, mas ainda não foi. A água do chuveiro ainda escorre e a mulher M se masturba, a masturbação M se mulhera, a mulher masturbação se M, M se mulher a masturba. Ela desliga o chuveiro e se seca e sai do banheiro e se deita na beirada da cama e chora em silêncio.

Tudo muito simétrico, afinal. Ela também é a única mulher do universo que tem simultânea e irônica e duramente (1) um marido com problemas de ereção e (2) um corpo que ela humildemente considera muitíssimo mais gostoso do que os das esposas dos colegas do sujeito S.

7.

Apartamentos são espaços de repetição. Dois ou três ou quatro quartos, um ou dois ou três banheiros, cozinha e sala e, como se nascessem por geração espontânea entre as suítes e abajures e sofás que imitam veludo, um casal com um casal de filhos, problemas conjugais, silêncios e barulhos e lágrimas que não são de dor. Assim, com tantos exemplares da mesma coisa espalhados pela cidade, o sujeito S e a mulher M poderiam ser pessoas quaisquer, e sua filha poderia ser qualquer pessoa, poderia ser uma moça rebelde sem muito potencial para tornar-se alguém na vida, poderia ser uma artista ou uma metamulher, poderia ser uma estudante de direito ou de engenharia, mas o sujeito S e a mulher M são pessoas específicas, apesar de tudo, e quando o filho mais novo do casal começa a chorar, já se sabe que há especificidade também na filha deles, já se sabe que ela é uma estudante de medicina às vésperas da formatura e que escuta electro-swing e que trabalha no hospital universitário, e já se sabe que é ela quem vai levantar para acudir o pepê enquanto os pais fingem dormir.

Ela foi, ele parou de chorar.

8.

A mesa está posta quando o sujeito S entra na cozinha, barbeado, penteado, vestido para o trabalho menos o paletó: cheiro de café fresco. Ele inspiraexpira e fala bom dia, a mulher M responde bom dia, o pepê não responde. Uma fatia de mamão e uma xícara de café preto e duas torradas com geleia de amoras selvagens e TSFIN o sujeito S mantém a postura de um manequim enquanto come e VAPT a filha passa pela porta e se despede e JOLT não vai comer nada? e VUPT ela sai sem responder. Ele sente muito orgulho dela. Os colegas do trabalho não se cansam de reclamar de filhos e filhas sem o menor senso de responsabilidade, convenientemente iludidos por uma sensação de conforto e segurança, o que permite que vivam apenas em busca do prazer: ao contrário da filha do sujeito S, não têm a menor perspectiva de se tornarem alguém na vida.

O pepê começa a chorar, a mulher M o pega no colo e sai da cozinha, está na hora.

O sujeito S deixa meia torrada no prato e bebe os últimos goles de café e vai no banheiro e veste o paletó e vai de carro sentido centro.

9.

Tic-tac biii-biii vrum-vrum tic-tac 08h52min bom-dia tic-tac dor-de-cabeça tic-tac biii-biii vrum-vrum tic-tac tempo-bom bom-dia tic-tac tic-tac biii-biii vrum-vrum ácido-acetilsalicílico biii-biii atrasado tic-tac vrum-vrum 08h52min bom-dia tempo-bom atrasado tic-tac terrorismo biii-biii vrum-vrum dor-de-cabeça 23° bom-dia previsão-de-chuva tic-tac ácido-acetilsalicílico tempo-bom metas tic-tac corrupção biii-biii vrum-vrum tic-tac tic-tac 08h52min tic-tac recessão estreia-hoje biii-biii feriado vrum-vrum lixo-tóxico tempo-bom bom-dia dor-de-cabeça tic-tac previsão-de-chuva vrum-vrum aquecimento-global biii-biii 23° atrasado demissão tic-tac tic-tac motoqueiros biii-biii metas dor-de-cabeça água-em-marte tic-tac vrum-vrum recessão juros-zero tic-tac atrasado vrum-vrum desmatamento problemas-de-ereção 08h52min tic-tac dor-de-cabeça biii-biii 23° tic-tac santos-dos-últimos-dias tic-tac reciclagem atrasado metas tic-tac biii-biii vrum-vrum pesadelo taxa-de-câmbio tic-tac bom-dia tempo-bom terrorismo tic-tac câncer-de-próstata aleluia tic-tac recessão tic-tac biii-biii vrum-vrum importado metas tic-tac bom-dia liquidação dor-de-cabeça biii-biii vrum-vrum tic-tac água-em-marte tempo-bom recessão tic-tac vrum-vrum metas terrorismo tic-tac biii-biii diacetilmorfina metas aleluia vrum-vrum desmatamento tic-tac 23° pirataria recessão tic-tac bom-dia tic-tac problemas-de-ereção reciclagem biii-biii vrum-vrum motoqueiros demissão tic-tac atrasado tic-tac biii-biii tempo-bom bom-dia tic-tac tic-tac 08h53min metas pesadelo tic-tac terrorismo vrum-vrum teoria-das-cordas feriado tic-tac importado biii-biii metas santos-dos-últimos-dias tic-tac vrum-vrum bom-dia tempo-bom tic-tac meteoro estreia-hoje biii-biii aquecimento-global atrasado tic-tac dor-de-cabeça aleluia metas tic-tac bom-dia biii-biii juros-zero tic-tac dihidrocodeína vrum-vrum 08h53min tic-tac bom-dia.

10.

O sujeito S é um cara muito bonito, muito bem apessoado, digamos assim, faz outros caras bonitos parecerem só uns caras normais; ele tem uma qualidade assim: digna de admiração. E quem passa por ele o olha com admiração, ou seja, as pombasbarataspessoas passam por ele e reconhecem essa qualidade dele e então fazem uma pausa para admirá-lo, o que é bem interessante porque, se alguém perguntasse, a maioria delas não saberia dizer bem exatamente qual é essa tal qualidade dele, tão admirada e cobiçada e tudo o mais, a maioria delas só responderia que o sujeito S é um cara muito bonito, muito bem apessoado, que ele faz outros caras bonitos parecerem só uns caras normais e que ele tem uma qualidade assim: digna de admiração, o que é bem interessante, porque mesmo não sabendo dizer bem exatamente qual é essa tal qualidade dele, as pombasbarataspessoas não conseguem resistir a fazer uma pausa para admirá-lo.

Por exemplo, o malabarista ali na frente do carro do sujeito S: ele começa a fazer os truques com as bolinhas de malabarismo e já fica de olho no carro ali na frente dele e na silhueta visível através do para-brisa do carro: admirando. Uma fila quádrupla de carros na frente dele, mas é para o carro e para a silhueta do sujeito S que ele olha. E o sujeito S percebe — sempre percebe —, mas nunca se atreve a dar como certa e óbvia e axiomística essa admiração das pombasbarataspessoas, porque se ele fizesse isso a tal qualidade dele já não seria mais tão digna de admiração quanto antes, e então o malabarista escolheria outro carro na fila quádrupla e chegaria perto de outra silhueta, e outra pessoa com uma outra qualidade abriria o vidro para dar ao malabarista uns trocados e, olhando para essa tal outra pessoa com essa tal outra qualidade, o malabarista apertaria o narigão vermelho de palhaço e diria alguma coisa do tipo

Quem é você, cara?

O sujeito S fecha o vidro do carro e acelera, o vidro do carro acelera o sujeito S e fecha, o sujeito carro vidra a aceleração do fechamento e S.

11.

A fé é o princípio regente de toda instituição financeira. Não a fé silenciosa e despreocupada costumeiramente associada a monges budistas e gurus espirituais, mas uma fé agressiva e frenética, professada vultuosamente a cada momento para que não desapareça: temos fé, compramos; temos fé, vendemos; temos fé, damos liquidez ao mercado; temos fé; temos fé; temos fé. O que não se diz para menosprezar este último tipo. O trabalho é árduo e implacável, talvez um milagre de menor ordem, provado que dá forma ao mundo a partir de sua profissão. Ela exige do profissional — não do fiel, do profissional: constância e força e luta e mais; ela, a profissão de fé. E nem todos conseguem entregar.

O sujeito S, por exemplo, é um profissional da fé: e está ficando cansado.

12.

O quarto do pepê é um oásis no meio do apartamento deserto: uma parede azul (matriz CMYK: 73%, 50%, 0%, 0%), as outras brancas, brinquedos espalhados, blocos de montar, tapetes de EVA com letras e números e formas destacáveis, bolinhas de malabarismo, lenços estampados com personagens de desenhos animados, chocalhos pendendo sobre o berço, o trocador com cheiro de talco.

E a mulher M; e o pepê; e a mulher M chora no colo do pepê.

Não, não, é ao contrário, óóóbvio que é ao contrário. É a mulher M quem chora no colo do pepê.

Shh, pronto, pepê, pronto.

Ela tenta colocar nos braços um ritmo de ninar, dois pra lá, dois pra cá, e tenta colocar na voz uma nota de ninar, talvez um lá sustenido, e tenta colocar no rosto uma expressão de ninar, sobrancelhas e bochechas e sorrisos de ninar.

Talvez ainda esteja ao contrário.

Ela o pousa no berço; ele não fala; ela se afasta; ele chama; ela se apoia na parede; ele esperneia; ela escorrega o corpo até o chão; ele para; ela esconde o rosto; ele começa de novo; ela; ele; ela; ele; ela. Dois desertos no meio de um oásis.

13.

A melhor parte de ser o gerente regional de rentabilidade e otimização de agências de uma grande instituição financeira é usar terno todos os dias: fato. Ele abre a porta do carro e pisa com um barulho seco no chão da garagem subterrânea, fecha a porta e aciona o alarme, caminha até os elevadores com o som dos próprios passos reverberando em volta. O sujeito S entra no elevador e pede o trigésimo sexto andar e se olha discretamente no espelho.

Hoje, o terno dele é cinza (matriz CMYK: 64%, 56%, 53%, 28%), feito especialmente para seu corpo, único em seu estilo de última moda e nas dimensões-padrão de um manequim quarenta e dois.

O elevador chega ao trigésimo sexto. O sujeito S caminha até sua sala, cumprimenta as pessoas pelo caminho, ele não quer marcar um almoço com o rosto colega? Não, ele não quer, ou melhor, ele não pode: hoje ele tem a apresentação dos resultados semestrais; fica para a semana seguinte. Entra na sala, sua secretária se aproxima, os outros gerentes regionais já estão esperando na sala de reuniões, o sujeito S quer avisá-los de que já chegou? Não, ele não quer, ou melhor, ele não pode: ainda precisa se preparar e; ainda não.

Se o sujeito S pudesse usar o terno em vez do robe, ele não precisaria do comprimido azul. São 09h34min.

14.

A moça do café da manhã disse que ele já vem.

Se o arranha-céu da instituição financeira que emprega o sujeito S já é uma dimensão separada do resto da cidade, com o ambiente climatizado, os funcionários bem vestidos e o cheiro de naftalina, a sala de reuniões é uma dimensão separada do resto do arranha-céu, com as portas cerimoniais, a mesa lustrosa, as cadeiras de couro, o equipamento multimídia, as janelas amplas e as bandejas de café da manhã. Além, é claro, do ambiente climatizado, dos funcionários bem vestidos e do cheiro de naftalina.

Não é à toa que certas imagens se tornam clichês.

Na sala, esperam o gerente regional de investimentos, o gerente regional de pessoas físicas, o de pessoas jurídicas, o de relações públicas, o de cooperação internacional e o de relações corporativas. Só está faltando o gerente regional de rentabilidade e otimização de agências, quase meia hora atrasado.

Ela só vai dar a bundinha pra ele, aí ele já vem.

Quem nunca trepou com a própria secretária que atire a primeira pedra.

O gerente regional de relações públicas se levanta e vai até as bandejas de café da manhã, serve três pães de queijo num prato quadrado de porcelana e, numa xícara, 150ml de café preto com uma colher de açúcar demerara. E volta até seu lugar. Não é à toa que certas frases se tornam clichês.

Estão servidos, senhores?

De costas para os outros, o gerente regional de investimentos olha pela janela e masca com vontade um chiclete de nicotina. Que não produz o efeito desejado. Ele bate um dos sapatos contra o solo, guarda no bolso o tique nervoso da mão esquerda e, com a direita, esfrega a nuca. O de pessoas jurídicas vai até o GRI e lhe dá umas batidinhas no ombro; por debaixo da manga, o GRPJ esconde alguns adesivos de nicotina. Trocam um olhar de cumplicidade.

O GRPF para ao lado das bandejas de café da manhã, se apoia com o quadril na parede, de frente para os companheiros, e começa a comer. Com um aceno da mão, o GRRC pede um pão de queijo, que o gerente regional de pessoas físicas atira para ele com um pouco mais de força do que seria adequado. O pão de queijo bate nas mãos do GRRC, voa para cima e para cima de novo, como um sabonete que reluta em parar quieto. E cai no chão.

Putaqueupariu.

Ele atira outro, desta vez desenhando um arco no ar. O gerente regional de relações corporativas agradece e come. O GRCI fica concentrado em seu computador, alheio ao entorno. Ele desencosta o tronco do encosto da cadeira e o inclina para a frente, desgruda os lábios um do outro, engole em seco. O GRRP se incomoda.

Quem vê acha que a reunião é importante.

A secretária dele é a que veio trazer o café da manhã?

Ele vira o computador para os outros.

Não é ela aqui?

É, é ela ali, sim, sem a menor dúvida, cada centímetro quadrado de pele nua grita que é ela ali, e todos os gerentes regionais da porratoda escutam o grito com olhos de fome, as mandíbulas cessam a mastigação, vai embora a vontade de fumar, cada um some para dentro de si próprio, relembram imaginam sonham desejam. Por debaixo da mesa, o gerente regional de cooperação internacional abre o cinto e o zíper da calça, o de investimentos afrouxa um pouco a gravata passa a mão esquerda do bolso para dentro da cueca, o GRPF também tira o cinto e deixa a calça cair até os tornozelos.

Todos vestem ternos; nenhum precisa do comprimido azul.

15.

Para que fique claro: a mulher M não é nenhuma idiota.

Mas o pepê é incansável; ela não. E se ele soubesse o que ela às vezes pensa em fazer com ele: nada aconteceria, porque a mulher M não pensa em fazer nada de inapropriado com o pepê, porque ela é a mãe do pepê, e é uma mãe experiente, e tem plena consciência da irracionalidade de culpar o filho por não falar o que há de errado ou de culpar-se por não conseguir acalmar de imediato a aflição do filho.

Ela continua sentada, com o rosto escondido. Ela não é nenhuma idiota.

O pepê chama; a mulher M atende: inclina o tronco para o lado, apoia a mão direita, divide o peso do corpo entre ela e a perna esquerda, tira os quadris do chão enquanto traz a perna direita para mais perto do eixo do tronco, e então se levanta. Com a mão esquerda, ela pega do chão um brinquedo, um humanoide selvagem ou um ornitorrinco cego ou a terceira lua de Saturno, e o espatifa contra a parede e vai até o berço.

O que você tem, pepê?

[!].

Por favor, pepê, fala.

[?].

Fala.

[!!!].

Fala.

[?!].

Fala.

[!?!].

Fala.

[???].

A mulher M não é nenhuma idiota.

16.

A secretária fala ao telefone, os gerentes regionais da porratoda o esperam na sala de reuniões. Sentado atrás da mesa executiva, o sujeito S olha em volta, escuta a voz da secretária (matriz CMYK: 73%, 50%, 0%, 0%) como um murmúrio do outro lado da porta, ajeita a gravata e passa as mãos pela lisura do rosto recém-barbeado e pela testa úmida de suor. Sente com prazer o ar-condicionado, presta atenção à mesa e aos objetos organizados em ângulos retos, inclina o tronco para frente e aspira com força: uma pequena coceira; o sujeito S levanta o corpo da cadeira e vai até a janela e olha adiante através da janela e não olha para baixo porque sentir vontade de pular pela janela do trigésimo sexto andar é para ele tão certo e tão óbvio e tão axiomístico quanto ser admirado pelas pombasbarataspessoas. A secretária desliga o telefone e avisa de novo, está na hora da reunião, todos estão esperando.

O sujeito S atende ao chamado, o pó branco começa a fazer efeito.

17.

A secretária do sujeito S, uma pessoa com voz de mulher e rosto de mulher e cabelos e corpo de mulher, é uma mulher: a secretária S.

Vozes, obviamente, não têm cor.

Toda instituição financeira de grande porte possui um sistema para condicionar o ar respirado pelos funcionários, o que provoca alívio no dia a dia, mas a longo prazo pode causar problemas respiratórios.

A gravata do sujeito S é feita de algodão 100%.

A janela do trigésimo sexto andar não abre.

Pó branco é um eufemismo para benzoilmetilectonina, ou seja, $C_{17}H_{21}NO_4$, ou seja, pó branco.

Se a secretária do sujeito S pudesse gritar, ela gritaria, mas isso não seria adequado num ambiente corporativo nem estaria à altura da secretária do gerente regional de rentabilidade e otimização de agências.

Pois bem: ela não grita, só avisa em sua voz azul: está na hora da reunião, todos estão esperando.

18.

Está na hora da reunião, todos estão esperando. Mas só por obrigação, acho. Eles não começariam sem você. Claro que não, eu só quis dizer que os outros gerentes regionais estão *me* esperando por obrigação. Quem mais eles deviam esperar? Se a escolha fosse deles, esperariam por você. Por que esperariam por mim? No lugar deles, eu também esperaria por você. Eu administro a sua agenda, não os resultados do semestre. Então não deve ser para apresentar resultados que eles querem você lá. Mas a reunião é para isso. Não precisa se fazer de boba. Não estou me fazendo de boba. Então permita-me explicar a situação com uma metáfora: você tem uma buceta, eu não. [ ]. [ ]. [ ]. [ ]. Hoje eu tinha pensado em sair mais cedo, preciso visitar meu avô no hospital. Já não foi ontem? Fui, mas ele não melhorou, nem morreu. Não sei. A reunião de apresentação de resultados é o único compromisso de hoje. Tem outro, na verdade. Não está na agenda. De novo se fazendo de boba? Não estou me fazendo de boba. Nós apresentamos os resultados; se as metas são atingidas, comemoramos. [ ]. Se não, extravasamos a decepção da derrota. Entendi, mas as secretárias participam disso? Depende da secretária.

19.

Desculpem o atraso, prezados, começaram sem mim?

Sem chances, eles jamais começariam desfalcados, que absurdo, que heresia, como poderiam começar sem o gerente regional de rentabilidade e otimização de agências? Exato, não poderiam.

De qualquer forma, desculpem o atraso.

Antes de se sentar, o sujeito S serve numa xícara alguns goles de café, aperta a mão do GRRP, que continua junto das bandejas do café da manhã, dá a volta na mesa até a cadeira em frente ao GRPF e desabotoa o paletó com apenas uma das mãos. Ele se acomoda.

Vocês viram aquilo?

Todos olham. O gerente regional de investimentos aponta o arranha-céu do outro lado da rua: perto do vigésimo quinto andar, uma equipe de construção civil instala uma plataforma para pintores, e logo acima da plataforma, sobre a fachada escura, é possível ler em tinta branca, cada letra do tamanho de uma janela: o fim é começo da poesia.

Quem será que fez aquilo?

Como será que fizeram aquilo?

Por que será que fizeram aquilo?

São muito sagazes esses gerentes regionais da porratoda, com perguntas tão pertinentes, cada uma mais intrigante que a anterior: um pichador, com uma lata de tinta-spray, porque ele quis. CRACK! O mundo quase desmorona com tanta simplicidade, mas o gerente regional de rentabilidade e otimização de agências ainda quer saber mais.

O que será que significa aquilo?

Não é à toa que certas frases se tornam clichês.

20.

Os pintores começam a trabalhar e o sumiço de cada letra, a primeira e a última, o, a, fim é o começo da poesi, a diferença é visível entre a tinta fresca e a antiga, pelo menos por enquanto, os pintores conversam animados e a frase vai sumindo, im é o começo da poes, cada letra some e a frase aos poucos, mas ela ainda retumba feito um tamborim inaudível, encoberta pelo atrito de ferro com ferro, m é o começo da poe, já irreconhecível para novos leitores, é o começo da po, lá sempre ainda, para quem a leu inteira, lá, seu ritmo de coração sístolediástoleante, ainda, encoberta e presente, o começo da p, e então ausência, o significado continua enigma, mas sem possibilidades nem sugestões nem ideias nem, começo da, fragmento impossível de precisar, impossibilidade precisa de fragmentar, precisão fragmentável de impossibilitar, omeço d, agora sopa de letrinhas, frase sem começo, meço, não deu tempo, eç, e os pintores conversam animados.

21.

As reuniões de apresentação de resultados de fim de semestre são a quarta melhor parte de ser o gerente regional de rentabilidade e otimização de agências: café e pão de queijo e boa companhia; almoço executivo, conversa jogada fora e masturbação coletiva. E resultados de fim de semestre. O gerente regional de cooperação internacional desliga o computador e se recosta na cadeira, o de investimentos se levanta e ajeita a gravata, o de pessoas físicas afrouxa em um ponto a fivela do cinto. São 16h02min.

Terminamos por hoje?

Sim, terminaram por hoje, os resultados foram ótimos, mas não ótimos o bastante, os gerentes regionais da porratoda se sentem derrotados, a reunião não poderia ter sido melhor.

Ainda é cedo para irmos?

A gente podia convidar [

O sujeito S sente um leve tremor na mão, a mão treme uma sensível leveza no sujeito S, o tremor levanta um maneta sujeito S no sentimento. Ele tira do bolso um tubo de ensaio e despeja o conteúdo na mesa, os gerentes regionais olham, o GRRP pega uma pitada com a ponta do mindinho e esfrega nas gengivas.

] aquela sua secretária.

O sujeito S inclina o tronco para frente e aspira com força: uma pequena coceira.

Acho velha demais; quantos anos ela tem?

O GRRC vai precisar desculpar seus companheiros, mas se ele acha a secretária do sujeito S velha demais, o problema é dele, todos viram as fotos, e mesmo que seja um pouco mais velha do que o costume para as comemorações de fim de semestre, ela deve compensar com elasticidade.

Isso é o de menos.

E agora é o GRPJ que vai precisar desculpar seus companheiros, mas o de menos é a presença dele. Uma comemoração de fim de semestre em que discutir a presença da secretária do sujeito S seja o de menos nem merece ser realizada.

Quantos anos ela tem?

Certas coisas parecem hipérboles, mas são na verdade eufemismos. E vice-versa.

22.

Despedaçada no chão, a centopeia de plástico, objeto de magia que talvez volte a ser, mas provavelmente não: sua qualidade extraordinária está em ser destruída sem resistência, não em refazer-se depois.

A mulher M o pega de novo no colo.

O que ele tem? Está com o coração partido? Está em crise existencial? Está com medo da indiferença do universo? Está perdendo a esperança na humanidade?

E talvez porque todas as opções sejam verdadeiras, talvez porque todas sejam falsas, talvez porque ele, afinal, não seja incansável, talvez porque a mulher M tenha satisfeito suas necessidades sem se dar conta ou talvez por outro motivo, mas fácil assim e de uma hora para outra: o pepê aceita a trégua. Ele se cala e segura entre os dedos em miniatura uma mecha de cabelos da mãe, ela olha para ele e pensa

Ser ou não ser — eis a questão.

Ou talvez seja ao contrário. Ele também não é nenhum idiota.

23.

Ficou decidido que: serão convidadas a secretária do sujeito S, a nova funcionária do trigésimo quinto, do setor de recursos humanos, uma gerente local de pessoas físicas, já veterana nas comemorações de fim de semestre, a filha de um dos subordinados do GRRC, a faxineira do turno da noite, responsável pelo nono andar, a estagiária do setor de investimentos, que já merece ser efetivada, e a professora de yoga das segundas-feiras pela manhã, a quem é devida a produtividade dos funcionários do trigésimo sexto. Se alguma não puder comparecer, a dona do estabelecimento frequentado providenciará substitutas.

Mas só se alguma não puder, porque vontade de ir é certo e óbvio e axiomístico que as convidadas vão sentir. A coisa toda é tipo zen, feita pra colocar o eu sensorial e verdadeiro em comunhão com a mãe terra: ainda se conta a história da ex-secretária do GRROA e do ex-GRCI que, depois de uma comemoração de fim de semestre, abandonaram as famílias e os empregos para juntos e longe da sociedade viverem uma vida de felicidade e de experiências desrepressoras — nada mais.

Ficou decidido que: terminaram por hoje; ainda é cedo para irem; quem fez aquilo foi uma gangue de pichadores alados, paladinos contra a monotonia da vida urbana; como fizeram aquilo requer muitos advérbios para ser explicado, por exemplo, elegiacamente, eleuteromaniacamente, eutrapelicamente; por que fizeram aquilo está fora do alcance precisar, mas porque têm alguma espécie de retardo mental parece chegar perto de uma resposta definitiva; o que significa aquilo é fácil — significa que o fim é o começo da poesia; a pergunta mais pertinente seria: o fim de quê é o começo da poesia?

Mas a resposta desta não ficou decidida.

24.

Um a um, os gerentes regionais da porratoda se levantam e saem da sala de reuniões. Alguns passarão em casa antes da comemoração. Outros irão direto, mesmo que seja cedo demais para isso, seja que isso mesmo demais para cedo, isso que cedo seja demais para mesmo. O sujeito S aspira com força. O sujeito S não irá direto nem passará em casa. O sujeito S faz o caminho pelo trigésimo sexto andar até as escadas de emergência. O sujeito S, ao invés de descer, começa a subir os degraus, devagar e rápido e urgente e com saltos de dois e até três degraus por vez, com mais ímpeto a cada passo que reverbera nos corredores e encobre o coração sístolediástoleando, com as inspiraexpirações de alguém que acaba de escapar por pouco de se afogar, com a temperatura corporal regulada pelo suor frio, com a gravata afrouxada e o último botão da camisa aberto e o pé direito do sapato desamarrado e com uma pergunta na cabeça: o fim de quê é o começo da poesia?

Ele chega até o último andar, escuta o motor do elevador atrás da porta da casa de máquinas, procura a porta de acesso ao terraço. Encontra. Sai. Pisa o chão de concreto. Deglute a cidade com olhos e ouvidos onívoros.

25.

Tic-tac biii-biii vrum-vrum tic-tac 17h48min bom-dia tic-tac dor-de-cabeça tic-tac biii-biii vrum-vrum tic-tac tempo-bom bom-dia tic-tac tic-tac biii-biii vrum-vrum ácido-acetilsalicílico biii-biii atrasado tic-tac vrum-vrum 17h48min bom-dia tempo-bom atrasado tic-tac terrorismo biii-biii vrum-vrum dor-de-cabeça 23° bom-dia previsão-de-chuva tic-tac ácido-acetilsalicílico tempo-bom tic-tac corrupção biii-biii vrum-vrum tic-tac tic-tac 17h48min tic-tac recessão estreia-hoje biii-biii feriado vrum-vrum lixo-tóxico tempo-bom bom-dia dor-de-cabeça tic-tac previsão-de-chuva vrum-vrum aquecimento-global biii-biii 23° atrasado hollywood demissão tic-tac tic-tac motoqueiros biii-biii dor-de-cabeça água-em-marte tic-tac vrum-vrum recessão juros-zero tic-tac atrasado vrum-vrum desmatamento problemas-de-ereção 17h48min tic-tac dor-de-cabeça biii-biii 23° tic-tac santos-dos-últimos-dias ácido-acetilsalicílico tic-tac reciclagem atrasado tic-tac biii-biii vrum-vrum pesadelo taxa-de-câmbio tic-tac bom-dia tempo-bom terrorismo tic-tac câncer-de-próstata aleluia tic-tac recessão tic-tac biii-biii vrum-vrum importado hollywood tic-tac bom-dia liquidação dor-de-cabeça biii-biii vrum-vrum tic-tac água-em-marte tempo-bom recessão tic-tac vrum-vrum terrorismo tic-tac biii-biii diacetilmorfina aleluia vrum-vrum desmatamento tic-tac 23° pirataria [illegible]

26.

O sujeito S com a postura de um manequim, em pé na mureta do terraço.

A filha está no trabalho; o filho está no berço; a esposa o espera chegar em casa; a esposa espera que ele não chegue em casa.

O sujeito S está com sede.

O sujeito S não avisou os gerentes regionais da porratoda de que talvez não fosse à comemoração.

A mureta do terraço tem um metro de largura.

O barulho do trânsito não para.

Se for o fim da vida o começo da poesia, o corpo do sujeito S espatifado na avenida seria uma bela estrofe.

O sujeito S aprendeu nas aulas de yoga que técnicas respiratórias que hiperoxigenam o organismo são boas para combater o sono.

A professora de yoga das segundas-feiras pela manhã recusou o convite dos gerentes regionais da porratoda.

Se for o fim do mundo o começo da poesia, ainda não existe poesia no mundo. ?

A gravata do sujeito S esvoaça ao vento.

O sujeito S tem uma filha e um filho e uma esposa e um terno e um emprego e uma postura de manequim.

As comemorações de fim de semestre às vezes duram o fim de semana inteiro.

Certas coisas parecem hipérboles, mas são na verdade eufemismos.

Lixo-tóxico não é lixo tóxico, dor-de-cabeça não é dor de cabeça, tic-tac não é a passagem do tempo, biii-biii vrum--vrum não é o trânsito da avenida. Aquela velha tragédia pós-moderna: isto não é um cachimbo, mas o cachimbo já não existe, só o que existe é isto.

Com olhos e ouvidos onívoros, o sujeito S deglute a cidade, que contém o sujeito S e os seus olhos e ouvidos onívoros, que deglutem a cidade, que não é a cidade depois de deglutida.

O sujeito S tira a gravata e a deixa cair.

A gravata cai.

Certas coisas parecem certas e óbvias e axiomísticas, mas são na verdade paradoxos.

Se for o fim da humanidade o começo da poesia, o sujeito S gostaria de conhecer o primeiro poeta.

Certas coisas parecem paradoxos, mas são na verdade certas e óbvias e axiomísticas.

Se ele pudesse gritar, há algo de heroico em não gritar em manter a postura de manequim em vestir o terno todos os dias em não se demitir da profissão de fé em voltar para casa para a esposa para a filha para o filho.

Ficou decido que: é uma bosta ser heroico.

Se for o fim do heroísmo o começo da poesia, talvez seja este o começo da poesia.

O sujeito S olha para o alto e vê caírem as primeiras gotas de chuva, que caem sobre o sujeito S enquanto ele olha para o alto.

27.

Caída na cama, a mulher M adormece. [redacted] O pepê começa tudo de novo. [redacted]

[redacted]

A mulher M sonha e acorda e, descansada, vai acudi-lo de bom grado. [redacted]

Fica tudo bem com o pepê. [redacted] ?!

(perna direita)

1.

Ei, será que você não quer trocar uma ideia sobre o nosso Salvador? Sobre quem? Jesus Cristo, o nosso Salvador. Eu continuo na mesma aqui, caras. [ ]. Quer dizer, eu conheço o nome, né, não sou nenhum idiota. É muito comum, a maioria das pessoas já escutou o nome de Jesus, mas não sabe quem ele é. [ ]. Jesus é o filho de Deus, e o maior presente que temos é o Seu amor; nós estamos vivos porque Ele nos ama e poderemos renascer para a vida eterna se tentarmos retribuir um pouco desse amor. Acho que estou começando a entender. E se a gente marcasse um horário para conversar mais sobre Ele?, você mora aqui perto? Essa é uma bela cicatriz que você tem na testa. Obrigado, eu não posso reivindicar crédito por ela. O fervo *never ends*, né, cara? Eu fui espancado. [ ]. Tem muita gente que sente medo do amor de Jesus, e aí tenta afastá-lo com violência. Quem espancou você? Foi um homem, mais do que isso eu não sei dizer. Mas e você tem certeza de que era medo o que ele estava sentindo? Isso mesmo, medo do amor de Jesus Cristo, o nosso Salvador. Agora eu me perdi de novo. Nós adoraríamos explicar para você com mais calma; podemos fazer uma visita a sua casa, você mora aqui perto? Estou lembrando aqui, você passou por uma cirurgia depois de ser espancado?, meu colega ajudou a salvar sua vida, acho. Você trabalha no hospital universitário? Aham. E qual é o seu nome? A_2. É um prazer conhecê-lo, A_2, eu sou o M_1, ele é o M_2. [ ]. E você acredita em Jesus Cristo, A_2? Eu nunca pensei a respeito, acho. Então nós vamos fazer um convite a você; eu acho que Ele nos colocou no seu caminho hoje porque Ele quer que você pense um pouco a respeito, A_2, e nós vamos te convidar a fazer isso. Obrigado pelo convite, caras. Você aceita? [ ]. Você vai pensar a respeito de Jesus Cristo, o nosso Salvador? Posso fazer isso. Ótimo. [ ]. Muito bom, mesmo.

2.

Pombasbarataspessoas fazem de tudo para evitar contato com missionários. Fingem que estão falando ao telefone, olham o relógio, atravessam a rua, correm, entram em lojas, fingem que são surdas, emulam alguma deficiência cognitiva, flertam ou provocam sexualmente, falam obscenidades, cantam loas ao demônio, abrem suas guelras venenosas para parecerem maiores e esguicham ácido sulfídrico pelos poros: de tudo. E não à toa. Para elas, missionários são vetores de uma doença infectocontagiosa — esse tal de amor de Jesus —, incapazes de pensamento crítico e de racionalidade, despidos de qualquer malícia e desprovidos de realidade interna e alienados do mundo e alheios à porratoda, não sentem medo nem têm dúvidas nem cometem erros. Missionários são apenas: missionários.

M_1 sabe disso e sente muito, ele gostaria de mostrar às pombasbarataspessoas que sua fé não é fruto de uma lavagem cerebral e que sua realidade interna é tão complexa quanto a de qualquer uma delas. Ele se enche de alegria quando encontra na rua alguém corajoso o suficiente para baixar a guarda pelo menos um pouquinho. E não desperdiça a chance.

3.

O nome dele é A_2, e nós sabemos que ele trabalha no hospital universitário; se for o caso, podemos ir até lá. [ ]. Estou com um bom sentimento a respeito dele, M_2. Não sei. [ ]. Deu a impressão de que ele estava zombando da mensagem. A maioria dos jovens só sabe olhar para o mundo como se estivesse zombando dele, não é de propósito. [ ]. Sei que é uma fraqueza da minha parte, mas às vezes sinto um pouco de raiva. [ ]. Quer dizer, a gente só está tentando ajudar. É como eu falei, o único sentimento que eles conhecem é a zombaria, a gente vai precisar ensinar para ele a bondade e a compaixão e todos os outros. [ ]. Você ora pedindo ajuda com a sua raiva? Todos os dias.

São 20:26; M_1 e M_2 chegam em casa e sentam-se à mesa.

O que temos para amanhã? Deixa eu ver; amanhã às 10:30 temos a primeira reunião com o casal da rua de cima. São uns dez minutos de caminhada só, dá tempo de tocar umas campainhas antes de ir. O próximo compromisso é às 13:00. [ ]. Precisamos pegar o ônibus para este. É engraçado pegar o ônibus; as pessoas ficam procurando algum jeito de fugir da gente, mas ali dentro não conseguem fazer nada. Hahaha. Kkk. Depois temos a última lição às 19:30. Com o rapaz R? Isso mesmo. Acho que ele está perto de aceitar o batismo. Acho que sim.

M_2 boceja e olha em volta. O apartamento onde vivem é pequeno, com dois quartos, um banheiro e uma sala-cozinha, abriga poucos móveis e está sempre limpo e arrumado como depois de uma faxina. M_1 também boceja.

O dia está quase no fim e ambos começam a preparação para dormir. Cada um pega seu diário para escrever algumas linhas, cada um toma um banho de 4min, cada um veste o pijama, cada um escova os dentes e cada um se ajoelha diante da cama para orar. M_1 e M_2 dormem no mesmo quarto, como manda o manual dos missionários, fiquem sempre juntos, ou seja, no campo visual e auditivo um do outro, a não ser quando estiverem numa entrevista com o presidente da missão ou no banheiro, e a porta do outro quarto fica sempre fechada, sem nada do outro lado para ela esconder. Ambos se deitam.

Boa noite, M_2.

Boa noite, M_1.

4.

Você encheu as paredes de fotografias porque mora sozinha. Na cidade onde você nasceu, não existem universidades boas, e você queria entrar numa faculdade de educação física, por isso veio para cá. Quando você olha para estas fotos, sente como se tua família e amigos estivessem aqui. Você sente saudades. Mesmo assim, gosta da tua vida longe de casa; você aprendeu a te virar sozinha, aprendeu que é forte o bastante para viver sem os teus pais.

O que é um pouco como a história de Deus e dos homens; Deus enviou os homens à Terra para serem independentes e viverem suas vidas, mas independência não significa esquecimento. Você deve ser devota de Deus como é da tua família e deve lembrar que vem de Deus como vem da tua família. Por isso você dá aulas de yoga e pilates. Cuidar do corpo criado por Deus é mostrar devoção a Ele, e você sabe que a maioria dos teus alunos não está interessada em nenhuma religião, mas todos buscam ser saudáveis, e isso já é um passo importante no caminho da fé.

Alguns alunos se afastam ou cancelam as aulas quando descobrem a tua fé, como se ela fosse contagiosa, como se você fosse tentar convertê-los. Mas estes são minoria e, de qualquer modo, eles são geralmente os mais devotos. Só têm vergonha de admitir.

Teu nome é A; você é professora de yoga ; é forte e independente; é devota de Deus e da tua família. E você é mórmon.

5.

06:30 — o despertador toca. M_1 e M_2 acordam. Levantam-se das camas. Ajoelham-se para orar. Começam a sequência de exercícios matinais. Educativo de corrida com elevação de joelhos, quarenta e cinco segundos, e trinta polichinelos para aquecer: um; dois; três; quatro; cinco; seis; sete; oito; nove; dez; onze; doze; treze; quatorze; quinze; dezesseis; dezessete; dezoito; dezenove; vinte; vinteum; vintedois; vintetrês; vintequatro; vintecinco; vinteseis; vintesete; vinteoito; vintenove; trinta. Sequência de alongamentos: anteflexão da coluna, tentando tocar as mãos no chão sem dobrar os joelhos, trinta segundos, retroflexão pelo tempo de um ciclo respiratório, abertura pélvica, um minuto, e torção da coluna, para um lado e para o outro. Exercícios de força: flexão de braço, trinta repetições, elevação lateral com o elástico, vinte repetições, barra fixa, máximo, abdominal supra, trinta repetições, abdominal infra, trinta repetições, agachamento isométrico, um minuto.

Inspiraexpirações ofegantes. Banhos. Desodorante. Cabelos. Calças sociais. Camisas brancas.

6.

A cidade não faz distinção entre as pombasbaratasPessoas, elas próprias é que, com a passagem do tempo, se diferenciam umas das outras, por hábito, gosto, ou obrigação. Cedo pela manhã ainda é difícil perceber quem é quem, despertadores vibram no ar acompanhados pelos primeiros raios de luz difratados, e até aqui são todas iguais, mas passados os primeiros segundos já se faz presente o gosto de cada uma, que se repete muitas vezes, é verdade, em milhares de despertadores, mas não deixa de dividi-las em pelo menos duas categorias — as que acordam com uma música; as que acordam com um alarme. Passam alguns minutos: o hábito de cada uma aparece. Há quem vá direto tomar banho e há quem se exercite antes, há quem arrume a cama e vista as roupas do dia e escove os dentes para depois tomar o café da manhã e há quem não consiga fazer nada sem antes quebrar o jejum, e há também quem durma além do toque do despertador e saia de casa, quando finalmente se levanta, sem qualquer cerimônia. Com o avanço das horas, as pombasbaratasPessoas cumprem os papéis e serviços e atividades que são seus por obrigação, e aqui cada uma se torna única. Elas estudam direito ou engenharia ou medicina, trabalham em lojas ou em grandes instituições financeiras ou na rua, se locomovem de um lado para o outro, de metrô, carro, bicicleta ou a pé, cuidam de quem precisa, com esmero ou impaciência, sempre com alguma especificidade inconfundível, às vezes óbvia, noutras escondida, noutras quase inexistente de tão sutil. Mas sempre. Pombasbaratasppessoas, médicas e gerentes regionais e até missionários — até mesmo os missionários M_1 e M_2 — são únicas em algo do que fazem. Eles são diferentes de todas as outras pombasbaratasPessoas e de todos os outros missionários. E são diferentes entre si.

7.

Do guia para o serviço missionário, Pregar meu Evangelho, p. viii:

6h30 Levantar, orar, exercitar-se e preparar-se para o dia.

7h30 Desjejum.

8h00 Estudo pessoal: Livro de Mórmon, outras escrituras, doutrinas das lições missionárias e outros capítulos de Pregar Meu Evangelho.

9h00 Estudo com o companheiro: Compartilhar o que aprendeu em seu estudo pessoal, preparar-se para ensinar, praticar o ensino, estudar capítulos de Pregar Meu Evangelho, confirmar os planos para o dia.

10h00 Começar o proselitismo. Os missionários que estão aprendendo um idioma devem estudar esse idioma por mais 30 a 60 minutos, incluindo o planejamento de atividades de aprendizado do idioma para serem usadas durante o dia.

Os missionários podem usar uma hora para o almoço e estudo adicional, e uma hora para o jantar, no horário que melhor se adequar a seu trabalho de proselitismo. Normalmente o jantar não deve passar das 18h00.

21h00 Voltar para o local onde mora (a menos que esteja ensinando uma lição; nesse caso, voltar até 21h30) e planejar as atividades do dia seguinte (30 minutos). Escrever no diário, preparar- se para dormir, orar.

22h30 Deitar-se.

8.

Cereais com leite integral para os dois. M_1 gosta de CornFlakes, M_2 prefere Honey-NutCheerios. Trocam poucas palavras, poucam palavradas trocas, palavram trocados poucos, cada um absorto em si mesmo durante a refeição. O tempo de M_1 na missão está no fim, mais dois meses e ele volta para a família, já faz o balanço de todo o período, talvez ainda veja o batismo do rapaz R, mas deve concentrar mais energias em preparar seu companheiro para receber o próximo missionário; M_2, ao contrário, se sente ainda em treinamento, gosta da ajuda e do exemplo do companheiro de missão, mas está ansioso para começar a parte mais importante do seu trabalho, o batismo do rapaz R e de tantos outros pesquisadores.

M_2 está animado com o trabalho futuro, M_1 está satisfeito com o trabalho passado. É como se houvesse entre ambos um jogo de espelhos longo e complexo o suficiente para mostrar todo o caminho percorrido pela luz durante meses e meses e gerar, para um, uma imagem do passado e, para o outro, uma imagem do futuro. Talvez eles percebam isso, e talvez por isso se sintam tão próximos.

9.

Vestem as gravatas e os paletós e pegam as pastas e saem e vão num toc-toc moderado sentido rua de cima, onde o casal da rua de cima os espera para a primeira lição, e o M_2 cheio daquela *vibe* de nervosismo petrificado típica dos missionários calouros, o M_1 já passou pra ele os bizus todos desse lance de pregar o Evangelho, mas o M_2 até hoje não sacou que o canal é se entregar de corpo e alma e deixar o Espírito Santo guiar a porratoda, ainda não sacou que estudar a Bíblia e o Livro de Mórmon e planejar e saber de cor as lições sem se render à pira é o mesmo que aprender a boiar e a mergulhar e dar braçadas sem se jogar na água, não sacou que a conversão é uma experiência desrepressora feita pra colocar o eu sensorial e verdadeiro em comunhão com o Pai, ou talvez até já tenha sacado, só não conseguiu cumprir ainda, e o M_1 já passou pra ele o bizu: o M_2 não consegue porque não para de tentar, não tenta de não conseguir porque parar, não para porque não tenta de conseguir. Mas o M_2 até hoje não sacou. E o M_1 acha isso uma putaqueopariu.

Pode ficar tranquilo, M_2, o Espírito está com a gente.

M_1 sempre sabe o que dizer para acalmar o companheiro.

10.

Entrem, por favor, é muito bom recebê-los. Obrigado, como passaram a última semana? Um pouco ansiosos, na verdade, o dia de hoje demorou a chegar. Não vamos perder tempo, então; M_2, você pode fazer a oração para iniciarmos?

Orar é a melhor maneira de apaziguar o nervosismo.

M_1 conduz o início da lição com as perguntas básicas sobre as crenças do casal de novos pesquisadores a respeito de Deus e de Jesus, ele (P_1) não sabe bem, está confuso, acha difícil encontrar um lugar para Deus no mundo de hoje, para ela (P_2) Deus é alguma espécie de caminho a ser seguido. Será que ela está certa? Descubra no próximo episódio: Vísceras, Carniça, e a Palavra de Sabedoria.

Por enquanto, M_1 só pede que ela leia I João 4: 7 — 9, não é bonito?, é um dos trechos favoritos de M_2 em toda a Bíblia, Deus é amor, Ele nos ama, e quem ama é nascido em Deus.

É, é bonito, talvez um pouco clichê, mas é bem bonito. Clichê? Então escutem essa.

M_1 começa a dar um testemunho de quando foi espancado, a coisa toda foi horrível, e o sujeito que o espancou?!, um cara muito bonito, muito bem apessoado, digamos assim, mas como tinha ódio no coração, M_1 passou por uma cirurgia, teve ótimos médicos que, com a ajuda de Deus, salvaram sua vida. M_2 sentiu muito medo e até raiva quando escutou a história pela primeira vez, mas o M_1 não vacilou na fé: o casal da rua de cima sabe o que ele disse?

Pode ficar tranquilo, M_2, o Espírito está com a gente.

11.

Você já escutou colegas tirando sarro, contando histórias, mas isso acontece mais entre os médicos; com os outros socorristas a tua convivência é boa. Você dirige uma das ambulâncias do hospital universitário e presta atendimento de emergência. Você trabalha das 08:00 às 16:00, leva teu filho para a creche pela manhã e só o vê de novo no fim do dia. É muito difícil para vocês dois, mas é o único jeito; você é viúvo e não tem outros parentes na cidade. Cada dia é um grande desafio, mas tanto teu filho quanto o teu trabalho valem o sacrifício. É nisso que você encontra forças.

Quando tua esposa morreu, você teve vários meses de luto sem conseguir aceitar o que tinha acontecido; perdeu as forças, nem saía da cama nos dias ruins. Mas você encontrou na Igreja de Jesus Cristo dos Santos dos Últimos Dias uma nova família, lá aprendeu a oração e a Palavra de Sabedoria, aprendeu a olhar para o teu filho e para os teus pacientes com o amor que eles merecem. Hoje você consegue ver que a distância de Deus, muito mais do que a morte da tua esposa, foi a causa da tua fraqueza.

Teu nome é B; você é pai de um filho maravilhoso; é socorrista do hospital universitário; é parte da família de Jesus Cristo. E você é mórmon.

12.

12:00 — almoçam. Conversam. Vão até o ponto de ônibus. Conversam. Esperam. Conversam. O ônibus chega. Conversam. Entram no ônibus. Ei, será que você quer trocar uma ideia sobre o nosso Salvador?

Claro, claro, trocar uma ideia sobre o nosso Salvador está entre as atividades favoritas dos passageiros do ônibus, só perde para postar nas redes sociais selfies tiradas com as celebridades do transporte público: a múmia do fundão, o número seis que se finge de nove, o vendedor de almas e a ratazana tatuada.

Ei, você quer trocar uma ideia [

O ônibus faz uma curva brusca. M_1 se segura. M_2 cai no colo de um velho. Ele se assusta. O motorista do ônibus xinga outro motorista. M_2 tenta se levantar e perde o equilíbrio e cai de novo. O velho xinga. Duas moças riem.

] sobre o nosso Salvador?

13.

O problema é que as pessoas não sabem quem são, M_2, pode notar, elas não têm a palavra de Deus como guia, por isso ficam confusas com as contradições do mundo e perdem a si mesmas. Mas eu não entendo como podem ficar alheias umas às outras. Claro que ficam alheias; elas dizem e repetem a si mesmas quem são, até se convencerem, e essa identidade falsa é uma superfície estreita e frágil sobre a qual elas devem caminhar. [ ]. Mas veja só, elas vivem com medo de encontrar pelo caminho alguém ou alguma coisa que entorte ou quebre essa superfície e as derrube de cima dela. [ ]. E como a identidade que acreditam ter é falsa, ela pode ser entortada ou quebrada por qualquer coisa e qualquer pessoa, por isso caminham sem olhar para os lados. [ ]. Para elas, ignorar a existência das outras ou afastá-las com violência ou transformá-las em piada é uma questão de sobrevivência. E para nós? Você acha que a sua identidade é falsa, M_2, acha que estamos caminhando sobre uma superfície estreita e frágil? Não, claro que não. Aí você tem a resposta, a palavra de Deus é uma superfície sólida e verdadeira, e quem caminha sobre ela não precisa ter medo de cair, podemos olhar para todos os nossos irmãos e conversar de igual para igual. [ ]. Entendeu?

14.

A fé é o princípio regente de toda missão religiosa. Não a fé silenciosa e despreocupada costumeiramente associada a monges budistas e gurus espirituais, mas uma fé agressiva e frenética, professada vultuosamente a cada momento para que não desapareça: temos fé, oramos; temos fé, bendizemos; temos fé, damos testemunho da glória de Deus; temos fé; temos fé; temos fé. O que não se diz para menosprezar este último tipo. O trabalho é árduo e implacável, talvez um milagre de menor ordem, provado que dá forma ao mundo a partir de sua profissão. Ela exige do profissional — não do fiel, do profissional: constância e força e luta e mais; ela, a profissão de fé. E nem todos conseguem entregar.

M_2, por exemplo, é um profissional da fé: e até hoje não sacou a pira.

15.

13:17 — a lição vai bem. M_1 e M_2 ensinam. O pesquisador (P_3) corresponde. Estão os três sentados. M_1 e M_2 ensinam. O apartamento é um semivácuo, o semivácuo apartamenta um ser, um ser semievacua o apartamento. P_3 tem uma dúvida.

Diga lá. É um lance do Livro de Mórmon: esse aqui, ó: D&C 130:32, Um homem pode receber o Espírito Santo, e esse pode descer sobre ele e não permanecer com ele, o P_3 não sacou essa pira, e tem outra coisa que ele precisa confessar, vacilou com a Palavra de Sabedoria na segunda-feira, estavam servindo um cafezinho no trabalho e ele aceitou, por hábito, esqueceu da Palavra de Sabedoria, puta vacilo, mas nem tomou até o final, dois ou três goles e jogou o resto fora.

M_1 e M_2 ensinam.

Se liga só: o P_3 sente de vez em quando o Espírito Santo guiar a porratoda, não sente? Claro que sim, né, quando ora ou quando lê um versículo extremamente fodástico, mas ele acha que o Espírito Santo estava ali quando ele botou pra dentro aqueles dois ou três goles de café? Claro que não, né, então: esse tal de Espírito Santo vem e vai. Tem um outro lance que talvez ajude o P_3 a sacar: João 14:26, Mas aquele Consolador, o Espírito Santo, que o Pai enviará em meu nome, esse vos ensinará todas as coisas, e vos fará lembrar tudo quanto tenho dito.

O pesquisador (P_3) corresponde.

16.

É muito difícil ser uma mulher solteira numa cidade tão grande, ainda mais trabalhando na indústria do entretenimento, que não é exatamente amigável com o sexo feminino. Mas no fim das contas você gosta do desafio. Desde que você consegue lembrar, quer ser atriz, e você sempre soube que seria muito difícil, mas você chegou até aqui e não pretende desistir agora.

Esse é o teu caderno de anotações, é nele que você cola os recortes de tudo o que acha inspirador e é nele que você desenvolve todo o teu trabalho. Não é nada fácil escrever e atuar. Justamente porque você sabe da dificuldade, respeita e admira muito o trabalho de outros atores e atrizes. Mesmo assim, no que você escreve, prefere não tocar em temas ou usar expressões que possam deixar as pessoas desconfortáveis. Para você, é o que funciona. E ser fiel à tua identidade só deixa o teu trabalho melhor e mais prazeroso.

A melhor parte é o aplauso. Depois de uma apresentação, quando você consegue ficar em sintonia com a plateia, você sente do palco a energia das pessoas, uma onda de prazer genuíno, e é quase uma sensação física de ser envolvida pelo melhor que cada uma tem dentro de si. Você considera esta a melhor sensação do mundo.

Teu nome é C; você é uma mulher solteira; é atriz; o que você mais gosta de escutar é o aplauso de uma plateia. E você é mórmon.

17.

M_1 e M_2 ensinam: eles têm uma sensação de dever cumprido. O pesquisador (P_3) corresponde: ele receberá o convite para o batismo daqui a uns dois meses. A lição termina.

Se tiver dúvidas, ore pedindo respostas.

Afinal, quem precisa raciocinar indutiva e dedutivamente? Colher dados e interpretá-los para chegar a conclusões razoáveis é um modo obsoleto de se portar no mundo, deixa as pombasbarataspessoas confusas demais, e elas precisam é de simplicidade, qual foi mesmo a expressão do M_1? Uma superfície sólida e verdadeira.

Vou orar, obrigado por terem vindo.

Bons pesquisadores são necessários na rotina de qualquer missionário, dão resultados rápidos e mantém a fluidez do trabalho e aliviam a ansiedade e a exaustão física e mental e o medo e o desânimo e suspendem por algumas horas as tensões da porratoda.

14:05 — o próximo compromisso é às 19:30, M_1 e M_2 podem tocar campainhas ou interfones ou passear para abordar as pombasbarataspessoas que encontrarem ou esperar na saída de uma estação de metrô para abordar os passageiros ou procurar num parque público quem não tenha a desculpa de estar com pressa ou.

Ficou decidido que: seguirão com o proselitismo pelo centro, nos arredores do hospital universitário, onde talvez encontrem o A_2.

18.

Eles vão de metrô sentido centro, em pé, as posturas rígidas, dois corposmatéria de carbono, água e nitrogênio movidos a memórias e obediência e fé, dois corações sístolediástoleando em tamborins inaudíveis, encobertos pelo atrito de ferro com ferro; um segura com força a mão do outro, para não se perderem no movimento dos passageiros — dos loucos! —, tão incerto e fluido e ao mesmo tempo cheio de precisão transtornadaobsessivacompulsiva, M_1 olha em volta e escuta e M_2 olha em volta e escuta e os dois se olham a cada quinze ou vinte segundos e conferem certeza e segurança e conforto à existência um do outro, e olham em volta e escutam as palavras e rostos e roupas e poemas de ódio e de angústia e de amor, M_2 encontra siderografada na parede a frase o fim é o começo da poesia e procura de novo a certeza e segurança e conforto do olhar de M_1, que encontra siderografada na parede a frase o fim é o começo da poesia e pensa e tem dúvidas e ora pedindo respostas. Nos parques residenciais cosmometropolitanos, os padrões atômicos ocorrentes em M_1 e M_2 são específicos e raros e produzidos em série e, para nós, que não os conhecemos, são.

19.

A locutora do metrô avisa: próxima parada: estação central, saída à: direita. M_1 e M_2 desembarcam. Os anúncios e cartazes e flyers de prostitutas: M_2 diagnostica a população urbana, a população M_2 urbaniza o diagnóstico, a urbe populariza M_2 diagnosticado. O barulho do metrô e da rua e das pessoas. Se ele pudesse gritar, M_1 diria que o companheiro não se apressasse tanto em julgar, as pombasbarataspessoas têm vícios e medos e faltas, mas também são repletas de sentimentos e nuances e histórias e visões de mundo. A única maneira de salvá-las é.

Ou.

14:30 — os missionários sobem a escadaria e emergem na Praça com o toc-toc moderado que substitui as mãos dadas no trabalho de uni-los, inspiraexpiram o ar temperado com fumaça e pipoca, olham a paisagem cheia de pressa e seguem na direção do hospital universitário e TRIM você quer trocar uma ideia sobre Jesus Cristo, o nosso Salvador e PUFF desculpem, senhores, estou atrasado e JASP você gostaria de ficar com essa cópia do Livro de Mórmon e TUSCH valeu, galera, de coração, eu já estava ficando sem papel higiênico lá em casa e TOFT você quer trocar uma ideia sobre o nosso Salvador e FLOP você de novo e DONG permita-me explicar a situação com uma metáfora: vai tomar no cu.

20.

Como assim você de novo? [ ]. Quem é aquele homem? Não tenho bem certeza, mas acho que é o sujeito que me espancou. Ele? Ele. Eu sempre imaginava uma pessoa diferente, quando imaginava. Pois é, eu também fui pego de surpresa. Um homem tão bem apessoado. [ ]. Até parece digno de admiração. Talvez seja. Como assim talvez seja? Talvez ele seja digno de admiração. Ele espancou você. [ ]. E não parece estar arrependido. Mesmo assim. Você não sente nem um pouquinho de raiva? Sinto, mas não cabe a mim negar a uma pessoa a Palavra de Deus por causa de uma fraqueza minha. É claro que não, mas não foi isso que você disse antes. [ ]. Você disse que ele talvez seja digno de admiração. Para nós, que não o conhecemos, ele pode ser qualquer coisa. [ ]. Inclusive digno de admiração. Nós não o conhecemos, mas sabemos sobre ele uma coisa muito importante. Eu acabei de confessar que sinto raiva de um homem. [ ]. Você considera que eu seja digno de admiração? Sim, mas. Aí você tem a resposta: eu sinto raiva de um homem, e essa é uma coisa importante que você sabe sobre mim, mas além dessa você sabe muitas outras, e por elas me considera digno de admiração. [ ]. Você não conhece aquele sujeito, eu também não, você sabe que é um cara muito bem apessoado e que me espancou, mas não sabe quem ele é.

21.

O semáforo brilha em vermelho para os motoristas. A fila de carros estaca, a fila de carrosestaca, os carros de estaca filam, a estaca de filas carra. M_1 e M_2 atravessam a rua pela faixa de pedestres. Um malabarista entretém os motoristas por uns trocados, os motoristas entretêm um malabarista por uns trocados, uns trocados entretêm, um malabarista troca, os motoristas malabaristam, o entreter motorista. E vice-versa. M_1 e M_2 atravessam a rua pela faixa de pedestres.

[ ].

Entendeu?

É óóóbvio que não: já ficou dito e redito: missionários não são esses seres incapazes de pensamento crítico e de racionalidade, despidos de qualquer malícia e desprovidos de realidade interna e alienados do mundo e alheios à porratoda: eles sentem medo e têm dúvidas e cometem erros: o M_2 não entendeu: ele não acha que aquele cara, por bonito e bem apessoado que seja, tenha qualquer qualidade assim: digna de admiração.

Acho que sim.

Debaixo da marquise de um prédio mais ou menos histórico, um morador de rua com um vira-latas atravessado no colo resmunga em lá sustenido, pedindo esmola.

M_2 aponta na direção dele e CREC será que você não quer trocar uma ideia sobre o nosso Salvador e ZUM você está com a cara de quem precisa muito da ajuda Dele e CLAP é normal nos perdermos no caminho, só não podemos desistir assim e parar na metade e WOOSH mas olha só, se você não quiser conversar, talvez quem sabe você queira ficar com uma cópia do Livro de Mórmon e GROC você sabe ler e URRA olha, senhor, eu sei que é difícil ver uma saída na sua situação, mas Ele tem todas as respostas e PAFT se você der a Ele a oportunidade de entrar na sua vida, e se você escutar a mensagem Dele, Ele vai te salvar e PFIU pegue o Livro, senhor, você não faz ideia da graça e da luz e da bênção que o aguardam aqui dentro e BLIP os missionários seguem em frente.

Acho que entendi, sim.

22.

15:22 — a poucos metros do hospital universitário, na frente de uma cafeteria, M_1 e M_2 encontram o A_2: tudo bem, A_2?, o que você tem aí? Ah, oi, caras, escutem, eu não tenho muito tempo hoje, só saí pra dar um tempinho, mas já vou ter que voltar pro trabalho. Sem problemas, não vamos tomar o seu tempo, só viemos perguntar se você pensou sobre Jesus Cristo, o nosso Salvador. Pra falar bem a verdade, fiquei muito ocupado desde ontem. Nós entendemos, A_2, mas você não acha que Jesus merece uma parte do seu tempo? Talvez até mereça, caras. Então por que não aproveitamos esse exato momento para pensar um pouco sobre o nosso Salvador? Vocês querem um gole? [   ].

Afinal, é uma questão de prioridades, você poderia ter separado alguns minutos para cumprir a promessa que fez, mas preferiu fazer outras coisas. É, vocês têm razão, caras. E se nós marcássemos um horário para conversar sobre Ele, ou se conversássemos um pouco agora mesmo, você se livraria desse problema. Querem um gole? Isso é café? Não só café: é um expresso macchiato com chantilly e caramelo. [ ]. Querem? Não, obrigado. [ ]. Você sabe o que é a Palavra de Sabedoria, A_2?

23.

O corpo humano é sagrado e deve ser tratado de acordo. A Palavra de Sabedoria ensina que as pombasbarataspessoas devem se alimentar de maneira saudável, e especifica que não devem ingerir porcarias, tipo bebidas alcoólicas, chá preto, café, fumo, nem qualquer outro tipo de droga. Isso se as pombasbarataspessoas quiserem ser batizadas e confirmadas, né, porque isso, ó: fato: quem obedece à Palavra de Sabedoria acha muito mais fácil entender os bizus todos desse lance de verdades espirituais.

Expresso macchiato com chantilly e caramelo ®

XXL | 600ml

Tipo de Leite | Integral

Valor energético | 309 kcal (16%)

Carboidratos | 39g (13%)

Proteínas | 10g (13%)

Gorduras Totais | 12g (19%)

Gorduras Saturadas | 7,3g (31%)

Fibra Alimentar | 0g (0%)

Sódio | 231mg (10%)

Cafeína | 410mg

24.

Mas isso não é tão importante nesse momento. O M_2 tem razão: como é a vida de estudante de medicina, A_2? É bem cansativa e tals, muito estudo, muito trabalho, trinta e seis horas em vinte e quatro, né, o fervo *never ends*. A oração e a fé poderiam ajudar você nessa trajetória, e no futuro também. Sabe, A_2, você talvez se sinta constrangido por ser médico, mas nós temos pesquisadores de todas as profissões. E médicos têm uma responsabilidade muito grande com a vida, você com certeza precisa de um guia para desempenhar as atividades. O que é um pesquisador? É quem está no processo de conversão. Entendi. [ ]. Eu já falei da sua cicatriz, né? Aham. É uma bela cicatriz. [ ]. A única que eu tenho é essa aqui pertinho do olho, mas fica escondida atrás dos óculos. Então o que você acha, A_2, vamos marcar um horário para conversar sobre Jesus Cristo, o nosso Salvador?

A-sirene-duma-ambulância-a-sirene-duma-ambulância-a-sirene-duma-ambulância

E a vida de missionário, caras, como é? Também é uma rotina bem puxada, o trabalho exige muito: física, metal e emocionalmente. Dureza. Eu sinto saudades da minha família, dos amigos, da minha namorada. Namorada? Sim. Você tem uma namorada? Sim, a minha namorada. Mas o que vocês fazem juntos? Fazemos tudo juntos. [ ]. Conversamos, estudamos, passeamos, vamos à igreja: tudo. Saquei. [ ]. Bem, caras, obrigado pela visita, mas meu café acabou e eu preciso voltar pro trabalho. Mas e aquela conversa sobre Jesus Cristo, o nosso Salvador: vamos marcar, A_2? Vou ser sincero com vocês, caras, esse lance de religião não é muito a minha *vibe*. Obrigado pela sinceridade. [ ]. Antes de a gente se despedir, talvez você queira escutar a história da minha cicatriz. Deve ser uma bela história, mas eu realmente preciso voltar pro hospital. Prometo que não vou demorar.

25.

Um cara muito bonito, muito bem apessoado, digamos assim, desacelera o carro para acompanhar a velocidade do passo de dois rapazes: ele abre o vidro: ele veste um terno: ele é muito bonito: muito bem apessoado: ele fala: procurando pó.

Procurando o quê?

Pó branco, que é um eufemismo para benzoilmetilectonina, ou seja, $C_{17}H_{21}NO_4$, ou seja, pó branco.

Pó branco.

Os dois rapazes trocam olhares. Os dois rapazes já entenderam. É a primeira vez que os dois rapazes se deparam com uma situação dessas. Os dois rapazes sabem o que fazer, os dois saberes fazem o que rapazear, o que afazeres rapazeiam os dois saber. É a primeira vez que os dois rapazes se deparam com uma situação dessas.

Acho que nós podemos ajudá-lo com isso.

Eles param. O carro para. O cara desliga o carro. Um dos rapazes coloca a mão dentro da pasta. Um dos rapazes tira de dentro da pasta uma cópia do Livro de Mórmon. Um dos rapazes entrega a cópia do Livro de Mórmon para o cara. O cara pega.

O que é isso?

Eles explicam: são missionários: santos dos últimos dias: o que o cara tem nas mãos é uma cópia do Livro de Mórmon:

se o cara der a Jesus a oportunidade de entrar na sua vida, e se o cara escutar a mensagem Dele, Ele vai salvar o cara.

Você sabe o que é a Palavra de Sabedoria?

Sabe, é claro que sabe: o corpo humano é sagrado e deve ser tratado de acordo: quando um cara estiver no princípio de uma crise de abstinência, procurando pó, o melhor a fazer é sair do caminho.

O cara sai do carro.

O cara está com a cara de quem precisa muito da ajuda Dele. É normal o cara se perder no caminho, o cara só não pode desistir assim e parar na metade. Os dois rapazes sabem que é difícil ver uma saída na situação do cara, mas Ele tem todas as respostas.

Procurando pó

[!].

Pó branco.

[?].

Pó.

[!!!].

Pó.

[?!].

Pó.

[!?!].

Pó.

[???].

Pombasbarataspessoas fazem de tudo para evitar contato com missionários. Fingem que estão falando ao telefone, olham o relógio, atravessam a rua, correm, entram em lojas, fingem que são surdas, emulam alguma deficiência cognitiva, flertam ou provocam sexualmente, falam obscenidades, cantam loas ao demônio, abrem suas guelras venenosas para parecerem maiores e esguicham ácido sulfídrico pelos poros: de tudo.

26.

M_1 deixa escorrer lágrimas que não são de dor.

É uma bela história. [ ]. Já acabou? Sim. Então acho que talvez eu volte pro trabalho agora, já fiquei uns cinco minutos a mais do que deveria. Você continua achando que esse lance de religião não é a sua *vibe*? Continuo, caras, desculpa decepcionar. [ ]. Aqui no hospital eu às vezes trabalho pra tratar um paciente e ele morre de qualquer jeito, as coisas são assim pra todo mundo. Você parece ter uma noção muito exata do que está acontecendo aqui, A_2. [ ]. Nós estamos tentando tratá-lo, e você insiste em morrer. Sabe, caras, isso tudo que vocês ficam falando [

A-sirene-duma-ambulância-a-sirene-duma-ambulância-a-sirene-duma-ambulância

]. O que você estava dizendo? Nada, não. Pode falar. É melhor não. [ ]. Eu preciso ir, mais uma ambulância, eles podem precisar de mim. Você tem potencial para ser um grande pesquisador, A_2. Vamos marcar um horário para conversar sobre Jesus Cristo, o nosso Salvador. Você não vai se arrepender. A palavra de Deus vai ajudá-lo a se tornar um bom médico. E uma boa pessoa. Sabe de uma coisa, caras, com essa conversa toda vocês acabaram me convencendo. [!]. Mas antes: eu tenho um vídeo aqui no meu celular que eu acho que vocês vão gostar de ver. [ ]. Foi um amigo que gravou: querem ver?

27.

17:35 — e EI você quer trocar uma ideia sobre o nosso Salvador e BUU talvez você queira ficar com uma cópia do Livro de Mórmon e ZAZ Jesus é o filho de Deus, e o maior presente que temos é o Seu amor e GRRR se a gente marcasse um horário para conversar mais sobre Ele e PLÉU Jesus Cristo, o nosso Salvador e TUNDA você não faz ideia da graça e da luz e da bênção que a aguardam aqui dentro desse Livro e IUFF nós estamos vivos porque Ele nos ama e poderemos renascer para a vida eterna se tentarmos retribuir um pouco desse amor e JUAP você quer trocar uma ideia sobre o nosso Salvador e TCHIBUM nós podemos fazer uma visita a sua casa, você mora aqui perto e FRAK talvez você queira ficar com uma cópia do Livro de Mórmon e IEKT você acredita em Jesus Cristo e CHUÁ você não faz ideia da graça e da luz e da bênção que o aguardam aqui dentro desse Livro e DRUM M_1 e M_2 vão jantar depois de um dia de trabalho que, é claro, ainda não acabou.

28.

Os ingredientes são a parte mais importante de qualquer receita. Você cultiva a maior parte dos vegetais, e os alimentos de origem animal vêm de fazendas pequenas e cuidadosas, como é o teu restaurante. Você acha que todo chef de cozinha tem alguma reverência pelos ingredientes que usa, e nenhum, por melhor que seja, é capaz de trabalhar com ingredientes ruins.

Você e teus três irmãos trabalham umas doze horas por dia para servir, em média, 40 refeições, 25 no almoço e 15 na ceia. Todos os grãos, legumes, raízes, temperos, todos os animais são a criação original de Deus, e a palavra de Deus te ensina quais você deve comer. Você serve pratos simples, saborosos e saudáveis, e nada do que está no cardápio foge à Palavra de Sabedoria.

Teus clientes falam, às vezes, que você deveria expandir o restaurante, porque a comida é muito boa e você ganharia muito mais dinheiro, e você só fala que a comida não seria tão boa se o restaurante fosse maior. Além disso, você não precisa de mais dinheiro. Trabalhando numa cozinha pequena, com ingredientes frescos e de qualidade, em sintonia com os teus irmãos, e vendo a satisfação dos clientes, você consegue sentir a proximidade de Deus. E você jamais abriria mão disto.

Teu nome é D, você é chef de cozinha e um irmão dedicado. E você é mórmon.

29.

Pode ficar tranquilo, M_2, o Espírito está com a gente.

Saem da estação de metrô, a última lição do dia os espera na casa do rapaz R e o M_2 pensa que dessa vez ele não precisava ser tranquilizado porque o rapaz R não é um otário de merda filho da puta do caralho e sabe calar a boca e ser humilde diante da palavra de Deus e aceita ser guiado através dessa porratoda pelo Espírito Santo. Hoje, ele deve aceitar o convite para o batismo. E o M_1 até queria passar pra ele o bizu de como esse lance de pregar o Evangelho é um jogo de quantidade: prever quais pombasbarataspessoas vão escutar a mensagem é impossível e a solução é tentar passar o sabugo em todas as que ficarem paradas por mais do que dez segundos e na maioria das vezes eles vão acabar no vazio e é assim mesmo fazer o quê.

Mas o M_2 ainda não ia sacar, e o M_1 ia achar isso uma putaquepariu.

Vamos logo, está quase na hora.

Eles estão cansados, o sol se põe, eles vão num toc-toc moderado sentido casa do rapaz R.

(perna esquerda)

1.

Parafraseando Camus, a existência humana no mundo é um absurdo de proporções míticas, você estuda e trabalha e volta pra casa e cuida das crianças e se preocupa com o meio ambiente e pega o metrô e caminha pela cidade e mantém a postura de manequim e começa tudo de novo, você deixa escorrer o suor pelas costas e, pelo rosto, lágrimas que não são de dor, você carrega a porratoda montanha acima, do nascer ao pôr do sol, e com força e heroísmo suporta o peso e os tropeços e o desejo de desistir, você deixa e carrega e suporta e ganha o topo: você para um segundo para olhar a paisagem: a altura e a distância e o céu e o abismo e as cores e a terra e o ar: o fim. O fim é de onde você assiste à porratoda escorregar novamente montanha abaixo, é de onde você ri enquanto assiste. Parafraseando Camus, o fim é o começo da poesia.

E o pichador P é fã de Albert Camus.

2.

17:00 — o músico M no quarto, praticando as escalas maiores no sax tenor, a atriz A na sacada, falando sozinha, o pichador P no sofá da sala, esperando.

Perdi.

Perdeu? É só um jogo entre os três colegas de apartamento: quando alguém se lembra que está jogando, perde. O que levanta mais questões do que resolve. Apartamentos são espaços de repetição. Dois ou três ou quatro quartos, um ou dois ou três banheiros, cozinha e sala e, como se nascessem por geração espontânea entre as suítes e abajures e sofás que imitam veludo, um — bem, não deveria, mas talvez, veja bem, na verdade é, sim, muito vasto o espectro do que pode surgir por geração espontânea, em qualquer espaço. Um ornitorrinco cego ou uma ratazana tatuada com certeza ficariam tão confortáveis dentro de um apartamento quanto um casal com um casal de filhos. Por que não o músico M, a atriz A, o pichador P?

Ei-los, então, jogando seu jogo. Que o pichador P acaba de perder, a perda P que picha de acabar, o que acabamento perde de P pichar.

É só não querer ganhar, aí não perde.

O pichador P não quer ganhar: ele sente na palma da mão direita o tecido do sofá que imita veludo e acende e apaga a lâmpada do abajur que tem ao alcance da mão esquerda e levanta o corpo e sente o peso sobre a sola dos pés e passeia pelo corredor em volta das escalas maiores do sax tenor, que passeiam pelo corredor em volta do pichador P, e chega à suíte e vai até a janela e sente nas bochechas a brisa do lado de fora e olha para baixo e vê chegando a metamulher.

Ele assovia.

A metamulher não escuta nem olha pra cima, mas sabe que é observada: ela perdeu.

Perdeu? A metamulher não participa do jogo. Ela em pé na calçada, ela corpomatéria de carbono, água e nitrogênio, ela cansada do dia que teve, ela ainda vestida para o trabalho, ela movida a memórias e nicotina, ela de volta depois de uma semana, ela querendo esquecer, ela descolada do avesso de si, ela nascida por geração espontânea, ela siderografada com poemas de ódio e de angústia e de amor, ela pombabaratapessoa, ela acende um cigarro com um isqueiro emprestado, ela desde então e sempre e nunca mesmo consciente da impossibilidade de permanência, ela sabe que é observada, ela linda de carneosso.

A metamulher se mexe, o interfone toca, o pichador P atende.

3.

Entre os três colegas de apartamento, o pichador P é o que perde o jogo com mais frequência.

As escalas maiores são exercícios musicais para iniciantes num instrumento.

As palmas das mãos, as bochechas e as solas dos pés são algumas das partes mais sensíveis do corpo.

O pichador P sabe assoviar.

Vestir uma camisa branca, calças sociais escuras, sapatos de salto alto e alguns acessórios discretos — além da maquiagem nos olhos, maçãs e lábios — é estar "vestida para o trabalho".

Falar sozinha é um hábito considerado normal por atrizes que falam sozinhas.

Passear é um pé depois do outro, sem o compromisso de avançar.

A metamulher, uma pessoa com voz de mulher e rosto de mulher e cabelos e corpo de mulher, é uma mulher: a metamulher.

4.

Teu corpo deitado, teu corpo feito de muitas partes, as partes do teu corpo em baixo de outro corpo. Teu corpo deitado é você embaixo de outro corpo: que tenta ocupar o mesmo espaço que você. Vivos. Você ocupa o espaço do teu corpo com o teu corpo, você sente prazer com as partes do teu corpo: vivas. O corpo em cima de você não é você, é vivo e feito de muitas partes como você, mas não é você. O corpo está em cima de você, fora dos limites do teu corpo: corpo. Vivo. O espaço ocupado pelos corpos é marcado por limites, nos quais cresce o prazer dos corpos que ocupam o espaço. Um dos corpos é você. E você. O outro corpo não é você, mas tenta ocupar o mesmo espaço que você. O mesmo espaço não pode ser ocupado por dois corpos, e na impossibilidade reside a natureza do prazer, que cresce nos limites do espaço ocupado pelos corpos. O prazer cresce nos limites do espaço ocupado pelos corpos porque os limites do espaço ocupado pelos corpos são ocupados pelos dois corpos: vivos. Um dos corpos não é teu. E teu. O outro corpo é teu e é finito e é você. Você.

5.

Os lábios se tocam, as pontas das línguas. A metamulher está sentada na beirada da cama, ela veste o sutiã, o pichador P tem a mão direita em seu colo, a esquerda seguindo as vértebras só um pouquinho proeminentes; ele alcança com os dedos o interior da calcinha da metamulher, ela sorri, mas com força e heroísmo afasta a mão do pichador P. As imagens e texturas e sabores que acabam de viver ainda muito superficiais na pele, a experiência viva do corpo uma do outro, no topo, no fim. Eles se olham: a altura e a distância e o céu e o abismo e as cores e a terra e o ar. A metamulher se levanta e termina de se vestir e, de novo vestida para o trabalho, assiste à porratoda recomeçar o caminho montanha abaixo.

Eu preciso ir.

Ela vai.

6.

Um padrão de elétrons que se repete em três quintos das janelas de um prédio: estreia da nova temporada de Samurais Alados do Valhala; cheiro de óleo quente e gordura animal, sujeira na cozinha: para alimentar a humildade; três amigos cheios de conversa e risada: só o fim de mais um dia; um embrulho de maconha prensada na miniatura de um tijolo, uma faquinha de serra e um pedaço de seda, uma gota de saliva da ponta da língua: produção artesanal de um baseado.

Quer uma bola?

Não, hoje o pichador P não quer fumar, não, ele tem pensado em parar, ou pelo menos diminuir, ele não vai negar que acha prazeroso: pitar, vaporizar: é prazeroso, pô, mas sabe lá, no fim das contas, né, esse lance de consumo de drogas, e nem precisa ser maconha, o consumo de qualquer droga, ó: será que não é uma recusa de carregar a porratoda?

Não é recusa, P, relaxa, é só pra aliviar o peso.

Aliviar o peso? Era só o que faltava, um homem desse tamanho, com a infância passada a CheetosBola, Oreos e leite com Nescau, reclamando do peso da porratoda. Por favor! A pior experiência que esse aí têm no currículo é ter atravessado uma jornada de trabalho com as meias molhadas.

É só não querer ganhar, [

Televisão no mudo: nada mais engraçado do que cenas de violência e de sexo sem os efeitos sonoros; música eletrônica para ambientar a conversa: é o ritmo dos jovens urbanos; já falei que não quero sentir o cheiro desse cigarro do demônio, na próxima eu chamo a polícia: um grito do andar de cima; acordar cedo e ir para a faculdade e ir trabalhar e ler e estudar e manter a postura de manequim: só amanhã; a atriz A e o músico M e o pichador P: vivendo sisifosamente.

] aí não perde.

A atriz A já está chapada: quem falou em perder?

7.

Hoje, o músico M só perdeu uma vez. Ele estava na produtora só fazendo o de todo dia, fazendo só, atendendo o telefone e enrolando os clientes e preparando orçamentos e carregando objetos para cima e para baixo e lidando com a mesa de gravação do estúdio e ajudando com tarefas variadas e recebendo encomendas e então de repente PÁ: aconteceu. Não foi nada de importante ou significativo ou revelador ou emocionante ou eletrizante, não foi uma experiência religiosa nem um evento-âncora da vida, não foi uma daquelas coisas que fazem viciados largarem seus vícios nem uma daquelas outras coisas que fazem a gente pensar nem que seja por um instante que agora sim é que a gente entende o universo e que fazem a gente se sentir em harmonia cósmica. Só foi estranho. Não bem estranho, só estranho de um jeito tipo: estranho. Só o suficiente para aumentar um pouquinho só o nível de autoconsciência do músico M, e durante um só instante, só para fazê-lo perder. E só uma vez.

8.

Venha para a produtora de áudio de médio porte! Tem um longametragem para ser distribuído mundialmente? Tem um elenco de estrelas e um diretor premiado? Bem, então boa sorte com uma produtora de áudio de tamanho condizente. Mas se você trabalha com cinema independente, webséries, desenhos animados ou, no máximo, minisséries para televisão, nós podemos ajudá-lo com um serviço sinceramente digno. Produtora de áudio de médio porte: uma produtora de áudio de médio porte.

Chega de conversar, pessoal, hora de ganhar dinheiro.

Esse não é um anúncio de verdade, claro, mas poderia ser, ou seja, não está posto tal qual, quer dizer, não bem exatamente *ipsis litteris*, mas ficou preservada a essência: o chefe da produtora de áudio de médio porte declarou terminado o intervalo e chamou os funcionários de volta ao trabalho.

M, no estúdio: precisamos fechar o episódio hoje.

Precisam fechar o episódio de uma minissérie: solas de sapato batendo no chão, copos e talheres tilintando, portas batendo, cenas de sexo. Tudo muito básico.

Tá dormindo, M? No estúdio, vamos.

O músico M não costuma fazer esse tipo de trabalho, mas o funcionário responsável faltou e, bem, eles precisam fechar o episódio então CRASH lá vai ele para dentro do estúdio e TOC-TOC ele veste sapatos masculinos nas mãos e os faz caminhar numa tábua de madeira laminada e CLIC-CLAC ele repete o procedimento com sapatos femininos e TLIN-TLIN ele arruma o microfone e bate um garfo no interior de um copo e WOOSH ele balança um lençol para imitar um barulho de cortinas ao vento e POW um livro grosso caindo no chão se faz passar por uma porta batendo e NHEC-NHEC ele pula numa cama elástica de fisioterapia no ritmo de duas pessoas trepando, devagar e acelerando e cada vez mais rápido até parar e PAF-PAF no mesmo ritmo ele bate as costas de uma mão na palma da outra.

Nunca comeu ninguém, não, cara? Vai lá de novo, *in sync*.

PAF-PAF-PAF-PAF-PAF-PAF-PAF-PAF-PAF-PAF-PAF-PAF-PAF-PAF-PAF.

Foi esse o momento em que o músico M perdeu. As duas horas passadas no estúdio poderiam tê-lo levado a algum *insight* minoritário sobre como as pombasbarataspessoas veem o mundo como se fosse um filme e filmes como se fossem o mundo; ele poderia ter interpretado a falta do funcionário responsável com melancolia: nenhum graduado em música trabalha numa produtora de áudio de médio porte porque quer, mas porque tem o aluguel e as contas de água e de luz e a escola dos filhos e a porratoda; a imagem e o estresse do chefe poderiam ter posado diante dele como um vislumbre do próprio futuro.

Mas não, né, nada disso, óóóbvio que não foi naaada disso.

Ele simplesmente olhou para a espera da mão esquerda em concha e para o movimento da mão direita de encontro àquela e sentiu-se aliviado do peso da existência e riu de si mesmo e perdeu, um jogador de roleta russa que só se lembra de que está jogando quando escuta o tiro contra a própria cabeça falhar, que passa o revólver adiante e esquece do jogo, esquece de que qualquer hora dessas vai ficar coberto com o sangue e o cérebro de algum outro jogador, esquece que o revólver vai voltar para a sua mão.

9.

Essa é a parte boa do jogo, ninguém perde nada quando perde, só começa a jogar de novo. Pode crer. Pega uma bola, P. Sei não, esse lance de consumo de drogas. Relaxa. Sei não. Olha só, mano, a única transgressão que sobrou pra gente nesse mundo é fumar um baseado, então pega aí e fuma essa merda. Como assim transgressão? [ ]. Todo mundo fuma. Exato: é a porra dessa nossa geração. [ ]. Geração pós-HIV, sacou?, a gente já nasce plastificado e longe do mundo, a gente faz faculdade, sai pra beber nesses bares boêmio-gourmetizados, faz a noite de estreia em teatros desinfetados. [ ]. A gente só trepa de camisinha. Que *bad trip*, A, fica quieta. Isso é importante, mano, olha pra gente: cadê a porralouquice baudelairica? Se o que está faltando é porralouquice baudelairica, não é ficar em casa sentado e fumando maconha que vai resolver. Agora, P, você começou a fazer sentido. [ ]. Sabe quem que não sai do guarda-roupas faz tempo? Quem? [ ]. Que cara é essa? [ ]. Você vai querer desenterrar esses caras? E por quê não? Sei lá, faz tanto tempo. [ ]. Dá muito trabalho. Vai dar boa, mano, confia. Mas amanhã. Ainda não existe. Os três? É, nós três. M? Eu preferia ficar aqui de boas, mas não vou estragar a pira de vocês. Só falta você, P. [ ]. P?

10.

O pichador P, a atriz A e o músico M passam pela entrada principal/*main entrance* da estação central, mochilas nas costas, vão num toc-toc de alta voltagem na direção do banheiro, passam pelos papéis de bala e *flyers* de prostitutas como se seguissem um rastro, ansiosos para ver o que há no fim do caminho, escutam um trem chegando, escutam um trem partindo, a atriz A coloca o braço esquerdo em volta dos ombros do pichador P e o direito em volta dos ombros do músico M e tira os pés do chão e se deixa flutuar pelos corredores largos, a trinca desvia das pombasbarataspes-soas até chegar. Entram no banheiro masculino, sentem o cheiro do banheiro masculino, comentam o cheiro do banheiro masculino. Foda-se. Cada um entra numa cabine e, ao mesmo tempo, como se tivessem ensaiado, os três tiram as mochilas das costas e abrem os zíperes e tiram de dentro as fantasias e desvestem as roupas e vestem as fantasias e guardam as roupas e fecham os zíperes e jogam as mochilas nas costas e saem das respectivas cabines: o número seis que se finge de nove, a múmia do fundão, o vendedor de almas.

São 20:26; todos prontos? Um, dois, três e:

11.

Um espaço de loucos, o metrô é um espaço de loucos. E aqui cabe, sim, repetir a história, mesmo nesse caso cada passageiro continua são em seu próprio mérito, responde a si mesmo e a mais ninguém, mesmo o número seis que se finge de nove e a múmia do fundão e o vendedor de almas só abrem espaço para um juízo de loucura quando caem diante do escrutínio da jovem que vê neles pirralhos idiotas e baderneiros, do adolescente que acha a coisa toda hilariante e pede para tirar uma selfie com os três e os xinga quando eles fogem, da senhora que se sente baudelairicamente excitada e fantasia com todos ao mesmo tempo e escorrega os dedos para dentro das calças. Não fossem tantos olhares simultâneos, em nada disso se enxergaria loucura.

É assim porque em meio aos trechos de conversa que se deixam escutar, à mistura de cheiros e de perfumes, ao milhão de traços físicos de um milhão de etnias diferentes, às memórias de cada um e à memória coletiva, pulsante nos signos universais que o espaço carrega — a cor dos assentos preferenciais, o plano para uma evacuação de emergência, o barulho menos intenso da desaceleração, típico da proximidade de mais uma parada —, ou seja, é assim porque em meio à: porratoda: o número seis que se finge de nove, a múmia do fundão e o vendedor de almas adicionam ao metrô não mais do que uma pitada de caos, de frenesia: de loucura. Trens chegam e partem, pombasbarataspessoas embarcam e desembarcam, os três colegas fantasiados inclusive, cada um numa direção.

12.

Um humanoide selvagem e um ornitorrinco cego jogando baralho na terceira lua de Saturno, todos os objetos da superfície da Terra sendo simultânea e rapidamente sugados para o núcleo, setenta quilos de carne moída em cima da mesa de cirurgia em torno da qual cinco pessoas mascaradas discutem a esterilidade misteriosa de uma mulher mórmon, um jovem fantasiado de número seis que corre pelos vagões e estações e faz acrobacias e caminha sobre as mãos por metros e metros e grita: eu sou o número seis que se finge de nove!, ou o nove que se finge de seis?, uma jovem enfaixada da cabeça aos pés que ocupa com outros tipos dignos do submundo o último carro do metrô e conta em voz alta as histórias das cicatrizes deixadas pelos dias de prostituição e ameaça mostrá-las, mas nunca mostra nada, um jovem com uma cartola e uma capa e uma máscara carnavalesca e uma ânfora cheia de almas que ele inocentemente aceita vender por sorrisos mas depois de feito o negócio não se pode mais desfazê-lo: muahahaha.

Algo mais? Ainda não ficou decidido.

13.

A múmia do fundão está sentada. Pombasbarataspessoas embarcam e desembarcam. A locutora avisa que as portas vão se fechar. A múmia do fundão soluça com força. O metrô arranca. O barulho da aceleração. A múmia do fundão está sentada, o afundo do sentar está mumificado, o sentar da múmia afunda estado, a múmia do estar senta afundada.

A vida é: vocês sabem o que a vida é?

[ ].

A vida é um picolé de osso.

Pombasbarataspessoas com as marcas da vida na pele, sulcos e manchas e falhas, deixando escorrer para o lado de fora os estilhaços que carregam por dentro, a passagem do tempo e a dor de existir. Pombasbarataspessoas voltando para casa no fim do dia, indo trabalhar no início da noite.

A vida é um picolé de osso.

Uma jovem mulher faz um gesto: gesto. Todos os outros fingem que não escutam, talvez não escutem. A múmia do fundão olha a mulher. Todos os outros ela finge não ver, talvez não veja. A mulher olha a múmia do fundão, a múmia afunda o olhar da mulher, o fundão mulhera a múmia do olhar, o olhar mumifica o fundo da mulher.

E picolé de osso: puta tem que chupar até a medula.

Em pé diante da porta, um homem com a cabeça raspada e tatuagens no escalpo e no rosto e no pescoço contém um ataque de tosse, a traqueia sufocada por uma nuvem de palavras nãoditas. O trem desacelera, as portas se abrem, ele desembarca. Substituem o homem: um velho com uma muleta e o pé direito apontando para as quatro horas e uma menina de talvez dezessete anos de idade, com um vestido tomara que caia e metade da bunda de fora. Pombasbarataspessoas que abandonaram há tempos a postura de manequim.

Se ela tiver sorte: se não:

A locutora avisa que as portas vão se fechar.

14.

De todas as cores e sabores, para quem as queira, almas à venda aqui mesmo, onde não se rejeita cliente algum, venham todos, provar é de graça, devolver é que fica proibido, não se acanhem, senhoras e senhores, trabalho apenas com almas da melhor qualidade, destinadas à grandeza terrena e à glória eterna, as almas penadas deixemos que vaguem por aí, sem rumo e sem descanso, e se uma delas, por má fortuna, veio parar dentro do meu jarro na tentativa de seguir caminho para um de meus mui distintos compradores, bem, sejamos sinceros, qual é a diferença?, você, senhorita, coloque a mão no jarro, sem compromisso, pegue a alma que desejar, em troca do sorriso que já me deu, muito bem, não tenha medo, ahh, vejam, senhoras e senhores, a bela alma com a qual foi premiada a senhorita, esta bela alma de seda azul, não há outra maneira de descrevê-la, você ficará com ela?, ótima escolha, por mais um sorriso ela é toda sua, e para sempre, muahahaha, ora, vejam só, se meus olhos não muito me enganam, acabo de ver outro sorriso, já podemos dar seguimento, quem é o próximo da fila? que tal você, jovem, ou você, meu pobre ancião, você está mesmo com a cara de quem precisa ter a alma renovada, e eu, como bom comerciante, para os clientes mais necessitados faço preços especiais, por apenas um sorriso, você fica com uma alma novinha em folha, só lembre-se, depois de feito o negócio, não se pode mais desfazê-lo.

15.

Não é raro, para os passageiros frequentes, deparar-se com pombasbarataspessoas dormindo nos bancos do metrô. É um sono curto e precioso, provocado pelo cansaço e embalado pelas curvas suaves e musicado pelo atrito de ferro com ferro. Os que viajam sozinhos apoiam as cabeças sobre ombros de desconhecidos, quem dorme profundamente se arrisca a acordar só quando escorrega até o chão, e os que, ao contrário, têm o sono leve abrem os olhos a cada quinze segundos, assustados, certos de que deixaram passar a estação desejada.

Em nada disso há vergonha. Nos sustos e nos tombos e na intimidade imposta a estranhos: há a loucura já pressuposta do espaço, mas há, além dela, cumplicidade.

Por isso ninguém se incomoda em dividir a viagem com a múmia do fundão e com o vendedor de almas e com o número seis que se finge de nove e com suas histórias. Pouco importa quem sejam por debaixo das fantasias, pouco importa a veracidade do que dizem ou a graça do que fazem. No embaraço ou no sorriso ou na perplexidade de se lidar com cada um: há a loucura já pressuposta do espaço, mas há, além dela, cumplicidade. Gritam:

A vida é um picolé de osso.

Muahahaha.

Eu sou o número seis que se finge de nove, ou o nove que se finge de seis?

E em nada disso há vergonha, porque de um lado e de outro e atrás e na frente e a toda volta: as pombasbaratas-pessoas escutam.

16.

Eu sou o número seis que se finge de nove, ou o nove que se finge de seis?

Um grito tão vazio de carga dramática não acontece no mundo sem deixar marcas. Pombasbarataspessoas andam com pressa para um e para outro lado, correm para alcançar o metrô a tempo, conversam pelo telefone, dão desculpas e reclamam do barulho, param de repente na lanchonete da estação, como se precisassem criar coragem, alguns, antes de voltar para casa, outros, antes de ir trabalhar. Alguns, outros. Um homem de terno parado na plataforma olha atento para o túnel de onde surgirá a enorme fila de vagões, olha como quem não duvida da chegada do metrô, e ao lado dele uma criança, segura ao homem pela mão, tem nos olhos a atitude oposta, escaneia toda a volta de si, sem saber exatamente o que esperar, sem saber de onde esperar alguma coisa e já duvidando de que algo venha de fato ao encontro deles. Nesse instante, um jovem fantasiado passa por ali e dá uma e duas e três piruetas e grita

Eu sou o número seis que se finge de nove, ou o nove que se finge de seis?

Alguns diriam que é o número seis, outros que é o número nove. O homem de terno, alguém na vida já há muito tempo, olha para ele com medo, se pega perplexo diante de todo o arredor quando deveria dirigir o sentimento ao jovem fantasiado e a nada mais, mas aquela presença o faz cogitar sobre a escuridão do túnel que tem ao lado, uma escuridão não infinita, apenas infinitamente misteriosa, de onde pode surgir qualquer coisa. Qualquer coisa. Qualquer coisa? Agora é a criança que parece levar o adulto pela mão, segura de não saber, encantada, mas não surpresa, pois ainda não é ninguém e não presume nada do mundo. No fim, um belo time. O barulho do metrô a chegar apaga a presença do jovem e encobre seus gritos de

Eu sou o número seis que se finge de nove, ou o nove que se finge de seis?

17.

O pichador P, a atriz A e o músico M de volta à estação central, cada um de volta a si mesmo. Caminham, passam pela catraca, sobem a escadaria da Praça.

[ ].

E agora?

[ ].

Se é fato que estão cansados, também o é que ainda não ficaram satisfeitos.

Como assim e agora?

Não ficaram satisfeitos? Quer dizer que, depois dessas extremamente pós-modernas performances, o pichador P e a atriz A e o músico M ainda têm fôlego para mais? Não foram elegíacos e eleuteromaníacos e eutrapélicos o bastante? De fato, não estavam brincando quando disseram: porralouquice baudelairica.

O que vamos fazer agora?

Quem quer saber é a atriz A, quem não quer entender a pergunta é o músico M, quem tem a resposta é o pichador P.

E se a gente [

Começasse uma revolução e herdasse uma vasta herança e a gastasse inteira com mulheres e drogas e viagens? E se a gente contraísse sífilis e fumasse ópio e bebesse até sofrer um AVC? Afinal, não é mesmo, porralouquice baudelairica. E se a gente, quem sabe, testasse a mão escrevendo um ou outro poema?

] tatuasse o fim é o começo da poesia em mais uma ratazana?

Por essa a atriz A não esperava, mas ela pensa rápido.

Sabe uma coisa mais duradoura que uma ratazana?

O pichador P, a atriz A e o músico M de volta à estação central, cada um de volta a si mesmo, os três de volta ao trabalho.

Sabe uma coisa mais duradoura que uma ratazana?

18.

19.

Sabe uma coisa mais duradoura que uma ratazana? Uma pessoa? [?]. Um ornitorrinco cego? [!!!]. Um humanoide selvagem? [?!]. A terceira lua de Saturno? [!?!]. Um jogo de baralho? [???]. Então não sei. Uma parede. Ahh, é verdade. Pode ser? Sei não, em parede eu escrevo isso quase todo dia. Saquei. Podia ser a lateral de um ônibus ou de um vagão do metrô. Boa ideia. Quando eu saí de casa, achei que a gente só ia tirar uma pira com as fantasias e tals, não concordei em cometer um crime. Não é crime, M, relaxa, é só pra aliviar o peso da existência. Talvez seja. Ônibus é mais fácil. Pra pichar metrô precisa ter muita manha. E ônibus só se a gente encontrar algum estacionado, nem todos passam a noite na garagem. A garagem é fácil de invadir. Mas fica bem longe daqui. Não que a gente esteja com pressa. Mesmo assim, o melhor era fazer alguma aqui perto. Tinha que ser uma parede. Parede eu faço todo dia, já falei. A gente escolhe uma parede especial. Parede é parede. Muro de terreno baldio é uma coisa, já a fachada do hospital ou da prefeitura. Saquei. Pode ser, então. Qual?

20.

Venha para a produtora de áudio de médio porte! Está à procura do lugar perfeito para expor sua pichação medíocre e incompreensível a não ser para gangues de outros pichadores? Bem, então boa sorte para encontrar as instalações adequadas. Mas se você trabalha com pichações elegantes e espirituosas, ou até elegíacas, eleuteromaníacas e eutrapélicas, segundo alguns, e ainda inspiradas no filósofo mais galã do século XX, já pode parar de procurar. A produtora de áudio de médio porte está localizada no centro, num arranha-céu ocupado por diversos estabelecimentos comerciais, com frente para uma das avenidas mais movimentadas da cidade. Produtora de áudio de médio porte: dependendo da ocasião, muito mais do que uma produtora de áudio de médio porte.

Eu tenho a chave dos fundos.

[ ].

Estão os três sentados no banco da Praça. A lua aparece e some e aparece e some por trás de nuvens que não ameaçam chuva. Motores e gritos e vidros quebrando, quebras e vidros e motores gritando, motores e quebras e gritos vidrando. A cidade inspiraexpira raso e não contém um ataque de tosse. É o músico M quem tem a chave dos fundos.

Escutaram? Eu tenho a chave dos fundos.

Sim, sim, escutaram, é claro que escutaram, só querem agora ponderar um pouco sobre o risco envolvido em todo esse lance de porralouquice baudelairica, não para de encher o saco, esse tal de músico M, parece até que está com pressa de voltar pra casa. Bunda mole.

Vamos?

Vão, sim, aos poucos, num toc-toc ao mesmo tempo cheio de leveza e cadência militar, uma marchaflanagem que leva os três aos fundos do arranha-céu onde trabalha o músico M, três corposmatéria de carbono água e nitrogênio, três corações sístolediástoleando, três pombasbarataspessoas, três padrões de elétrons que se repetem em três quintos das janelas, três poemas de ódio e de angústia e de amor, três galáxias cranianas em constante movimento. Debaixo da marquise de um prédio mais ou menos histórico, um morador de rua com um vira-latas atravessado no colo resmunga em lá sustenido, pedindo esmola. O pichador P e a atriz A e o músico M vestem outra vez as fantasias.

21.

Apostam corrida escadas acima, as escadas de incêndio, o pichador P e a atriz A e o músico M sobem e pensam e falam e se apoiam no corrimão e respiram e mantêm a postura de manequim e continuam subindo, deixam escorrer o suor pelas costas degrau a degrau a degrau e com força e heroísmo e sem parar carregam a porratoda e suportam o peso e os tropeços e o desejo de desistir, continuam subindo o número seis que se finge de nove e a múmia do fundão e o vendedor de almas cheios do peso e do cansaço da porratoda, andar a andar a andar e já com lágrimas que não são de dor e risadas que não são de graça e poemas que não são de ódio nem de angústia nem de amor são apenas de absurdo, tudo por todos os lados e dentro de cada um, um absurdo de proporções míticas, mas continuam subindo e pensando e falando e se apoiando no corrimão e respirando e mantendo a postura de manequim, o pichador P e a atriz A e o músico M, sem fôlego e sem parar, o número seis que se finge de nove e a múmia do fundão e o vendedor de almas, com força e heroísmo, degrau a degrau a degrau e andar a andar a andar, carregam e suportam e carregam e suportam e: ganham o topo: param por um segundo para olhar a paisagem: a altura e a distância e o céu e o abismo e as cores e a terra e o ar: o fim.

Os três perdem ao mesmo tempo: tiram das mochilas o equipamento e picham a parede do arranha-céu.

22.

05:12 — com os primeiros movimentos do dia, o pichador P, a atriz A e o músico M acordam juntos no banco da Praça, a porratoda já rolada abaixo. O músico M vai pra casa, toma um banho e se prepara para mais um dia de trabalho, a atriz A o acompanha até o apartamento e se deita para dormir (tem a primeira aula na faculdade só às 10:30), o pichador P toma um café por aqui mesmo e espera o movimento se intensificar um pouco, tira da mochila a tinta facial e o nariz de palhaço e as bolinhas de malabarismo, assume a posição e atira as bolinhas ao ar: a primeira e a segunda e a terceira e: começa tudo de novo.

(braço esquerdo)

1.

A metamulher isso, a metamulher aquilo, aparece ali, reaparece lá, troca meia palavra com uma tal de X, faz meia visita a um tal de pichador P, ela se encosta na parede ao lado de bláblábláblá, ela acende o cigarro com um isqueiro tititi, ela se levanta e termina de se vestir e nhemnhemnhem, mas esse meio de caminho todo: vazio não pode ficar, né. Ela tem irmãos e irmãs?, uma família?, história de vida?, personalidade?, religião?, gostos e forças e fraquezas?, um emprego?, sonhos não realizados?, uma grande decepção amorosa?, uma deficiência física ou um transtorno esquizofreniforme?, alguma bondade no coração e no olhar?, traumas de infância?, dúvidas em relação ao sentido da vida?, um caderno de poemas?, uma visão de mundo diferente da das pombasbarataspessoas que a cercam?, outros vícios além do cigarro?, algum objeto precioso que guarda consigo como um amuleto? Porque assim, isolada de um conjunto, essa porratoda de se encostar na parede e acender o cigarro e se vestir para o trabalho não significa porranenhuma. E óóóbvio: a metamulher já sabe de tudo isso: e acha isso tudo uma putaqueepariu.

Afinal, quem caralhos é ela?

A metamulher, uma pessoa com voz de mulher e rosto de mulher e cabelos e corpo de mulher, é uma mulher: a metamulher.

2.

O banheiro é pequeno. A metamulher toma banho. Os azulejos do chão são pretos (matriz CMYK: 100%, 100%, 100%, 100%) e os das paredes são brancos (matriz CMYK: 0%, 0%, 0%, 0%). A temperatura da água é de 36°C. A metamulher toma banho, a tomada banha a metamulher, o banho metamulhera a tomada. Do lado de fora do banheiro uma porta se abre e uma porta se fecha.

Cheguei.

A mãe da metamulher, uma pessoa com voz de mulher e rosto de mulher e cabelos e corpo de mulher, é uma mulher: a mãe da metamulher.

Foi ela quem chegou.

Apartamentos são espaços de: ainda essa história? Bem, se fossem espaços de caos, talvez a história mudasse, mas: repetição: quartos e banheiros e cozinha e sala e abajures e sofás que imitam veludo e então pronto, ela chega, vai direto para o banheiro desocupado, faz xixi, aperta a descarga e a temperatura da água do banho cai para 27°C. Não é à toa que certas imagens se tornam clichês.

O banheiro é pequeno. A metamulher deixa escapar um grito.

Que aconteceu?

Nada, não, não aconteceu nada, imagina, foi até bom, dizem que banhos de água fria fazem bem para a pele, não é? Então. Nada aconteceu, está tudo bem.

Filha?

[ ].

A temperatura da água volta ao normal. A metamulher desliga o chuveiro, o chuveiro desliga a metamulher, o desligamento metamulhera o chuveiro, a metamulher chuveira o desligamento. Ela abre o box, estica o braço para o lado de fora e puxa a toalha do suporte, primeiro pressiona o tecido felpudo contra o rosto e o pescoço e os ombros, inclinando a cabeça para um lado e para o outro, depois começa a secar o corpo.

Enrolada na toalha, ela sai do banheiro e passa direto ao quarto.

3.

O jantar está na mesa e os três habitantes do apartamento sentam para comer, são três os habitantes do apartamento, a metamulher, sua mãe e seu avô, três corposmatéria de carbono, água e nitrogênio movidos a memórias e nicotina e a memórias e cafeína e a memórias e benzodiazepinas, sentam para comer o jantar trazido de um restaurante pela mãe da metamulher, legumes amanteigados e rosbife como ela não teria tempo de preparar, sentam e comem em meio ao tilintar dos talheres e às perguntas retóricas e aos três corações sístolediástoleando em três tamborins de ritmos diferentes mas igualmente satisfeitos com a banda da qual fazem parte, a banda da noite do mundo em volta, sem regente, mas cheia de talento e harmonia entre as copas de árvores varridas pelo vento e postes atropelados por carros e sirenes e cachorros e vidros quebrando e sussurros e gritos e choros de bebê.

A comida está tão boa quanto o dia que tiveram.

Quando terminam, a metamulher recolhe e lava a louça, o avô puxa para perto a toalha sobre a qual monta um quebra-cabeças, a mãe pega uns papeis e começa a trabalhar.

4.

Posso ajudar com o quebra-cabeças, vô? Pode, sim, eu estava só esperando você perguntar. Que cheiro é esse? Chega de trabalhar por hoje, filha, vem ajudar a gente também. Eu até queria, pai, mas esses processos não podem esperar, a firma está atulhada desde o mês passado. Esse céu é que me mata. Nem me fale, nessa semana os diretores regionais têm a reunião dos resultados de fim de semestre, acho que eles vão enlouquecer, e eu junto com eles. Todas as peças são iguais. Vocês não estão sentindo esse cheiro? Achei uma. [ ]. E outra. Não estão sentindo? E você, vai só conversar ou vai me ajudar a montar? Estou montando, vô, ó: achei uma também. Deixa eu ver a caixa desse negócio de novo, nem lembro mais qual é a figura pronta. Sabe, mãe, acho que eu estou sentindo, sim, parece cheiro de banheiro. Também acho. Céu, montanha e casa de campo. Vou lá ver. Desse jeito a gente não termina nunca. Eu já volto, vô. Céu, montanha e casa de campo. [ ]. Parece que não vem do banheiro, não. Ahh, achei outra. Essas duas não se encaixam, vô. Como não?, se eu acabei de encaixar. O azul delas é diferente, uma é da montanha, a outra deve ser do céu, ou desse outro lado da montanha. Uhm, deixa eu ver de novo a caixa desse negócio. Pai, levanta um pouco, por favor. [ ]. Levanta, rapidinho, acho que você

5.

Ela tem irmãos e irmãs? Um meio-irmão e uma meia-irmã, mas aqui não cabe aplicar regras de aritmética. No fim das contas, fica com zero de cada coisa.

Uma família? Avô e mãe: sim, uma família.

História de vida? Mais ou menos, leia-se, nada digno de uma biografia, mas teve aquela vez em que cuspiu no café do professor de biologia e acabou suspensa, e aquela outra vez em que segurou pela mão uma menina prestes a cair no vão do metrô, e a primeira vez em que se masturbou, durante uma sessão de cinema, ao lado de uma colega da escola.

Personalidade? Mais ou menos, leia-se, mais ou menos.

Religião? Ela sabe o próprio signo e ocasionalmente dá graças a Deus; no início de cada inverno, sacrifica uma dúzia de búfalos a Odin. Que pergunta besta. Quem hoje em dia ainda tem religião?

Gostos e forças e fraquezas? Ela gosta de legumes amanteigados.

Um emprego? É a secretária do gerente regional de rentabilidade e otimização de agências de uma grande instituição financeira. Não chega a ser uma profissional da fé, mas quase.

Sonhos não realizados? Mais ou menos, leia-se, foi modelo durante alguns anos, até apareceu nuns anúncios de marcas importantes, mas teve uns problemas na agência e a coisa acabou não indo pra frente.

Uma grande decepção amorosa? Sim, na medida em que não ter nenhuma grande decepção amorosa se qualifica como uma grande decepção amorosa.

Uma deficiência física ou um transtorno esquizofreniforme? Ela usa óculos.

6.

Você usa óculos. Miopia, hipermetropia ou astigmatismo? Quantos graus? Não importa, qualquer óculos é signo de uma deficiência. Um defeito. E você: tem um defeito.

Mas. Só. Um.

Você é jovem, tem a pele lisa, sem estrias de crescimento nem celulites, usa roupas de manequim 36, tem 173cm de altura e 54kg. Tuas medidas são irretocáveis: 84 de busto, 59 de cintura e 89 de quadril. Você tem os olhos verdes e os cabelos muito pretos, as sobrancelhas delineadas, covinhas nas bochechas e um sorriso recatado. A tua pose esconde os mamilos e a pélvis, mas não chega a censurar a imaginação de quem te vê no mobiliário urbano ou na contracapa da revista.

O teu único defeito é a visão, e é facilmente corrigível — ainda mais com 50% de desconto em todas as armações.

Para ficar perfeita, você só precisa de um par de óculos.

7.

Quase no meio do estofado da cadeira há uma mancha de umidade. A mancha tem o formato de uma ameba, mas se uma ameba se apresentasse com este formato aos olhos de um biólogo, ele a acharia esquisita. O formato é o de uma ameba esquisita e visível a olho nu. Ela fica, quem sabe, dois tons abaixo do resto do tecido numa paleta de tons pasteis. A mancha de umidade está quente e exala um cheiro de dejetos orgânicos, mais do que se espera de uma simples mancha de umidade: não se trata de uma simples mancha de umidade.

A mancha está quase no centro do estofado da cadeira, atrás da mesa, dentro da sala. A sala não está vazia de pessoas. A mancha não está sozinha dentro da escuridão da sala. O que muda suas características para pior, conforme a passagem do tempo. A umidade da mancha veio do excremento de uma pessoa, que não percebeu o excremento até imprimir no estofado da cadeira a mancha de umidade. Quando percebeu, a mancha já existia. E desde quando percebeu, ela fica maior e mais úmida e mais quente e exala um cheiro mais forte.

Conforme a passagem do tempo.

Se o tempo passasse ao contrário, a mancha ficaria menor e menos úmida e menos quente e exalaria um cheiro menos forte até que sua existência fosse por completo prevenida. E se a existência da mancha fosse prevenida, suas características ficariam por completo apagadas. Mas o tempo não passa ao contrário. Mas se o tempo não passar ao contrário, a mancha continuará aumentando e umedecendo e esquentando e exalando um cheiro cada vez mais forte. Eis um problema a ser resolvido pelas pessoas da sala.

8.

A mãe ainda trabalha e vê a metamulher ir até a cozinha e pegar um balde e encher o balde e vestir um par de luvas de borracha e pegar uma esponja e uma pedra de sabão, e a mãe: trabalha, vê a metamulher se ajoelhar ao lado da cadeira da ponta da mesa e passar a esponja no sabão e molhar a esponja e atritar a esponja contra o estofado da cadeira e repetir e repetir a operação e então molhar a esponja e atritar a esponja sem sabão contra o estofado da cadeira, a mãe ainda e enquanto isso: a metamulher devolve o material à cozinha e pega no banheiro o secador de cabelos e de novo se ajoelha ao lado da cadeira e liga o secador e vira a boca do secador para o estofado da cadeira.

A gente não devia levar o vô pro hospital?

Por quê?

Porque ele confundiu o azul do céu com o azul da montanha, né, pode ser uma convulsão ou um aneurisma ou uma crise psicótica, ele precisa no mínimo se consultar com o oftalmologista de plantão.

Isso é normal, filha, é a idade.

[ ].

É só tomar banho e esquecer.

E o avô da metamulher concorda: ele desliga o chuveiro, abre o box, estica o braço para o lado de fora e puxa a toalha do suporte, primeiro pressiona o tecido felpudo contra o rosto e o pescoço e os ombros, inclinando a cabeça para um lado e para o outro, depois começa a secar o corpo. O corpo. As partes do corpo que ainda alcança, o alcance das partes que ainda incorpora, os corpos do alcance que ainda parte. Ele sai do banheiro com passos curtos, já vestido e em silêncio, entra no quarto e fecha a porta. A metamulher desliga o secador e se levanta e bate de leve na porta do quarto do avô.

Tudo bem, vô?

Ãhn? Tudo bem, sim, tudo bem.

[ ].

Tudo bem.

Ele toma o remédio e se deita, a metamulher vai até o banheiro e coloca o secador de cabelos em cima do balcão, a mãe traciona a coluna e guarda os papeis do trabalho. De olhos fechados, o avô ainda deixa escorrer algumas lágrimas que não são de dor. Depois dorme.

9.

23:59 — a metamulher acende um cigarro no fogão, o avô e a mãe dormem, ela tenta dormir e se levanta e anda pela casa e pega um cigarro e o acende no fogão, traga a fumaça devagar e abre a janela da cozinha e sopra a fumaça devagar, como quem tenta aliviar a dor de uma ferida aberta, um risco delicado de ar, frágil no tempo e no espaço, tentativa de refrescar a superfície da cidade, machucado que se recusa à passagem do tempo. A metamulher sabe fazer argolas de fumaça. A cidade também. Ela traga mais uma vez e fecha os olhos e sente a secura na boca e na traqueia e nos pulmões, sopra e abre os olhos, a cidade ainda ali, feita de escuridão pontilhada por luzes fora de foco, pontos brilhantes de calor como a ponta do cigarro que tem na mão, de silêncio pontilhado por milhões de inspiraexpirações sonolentas e de ar insípido pontilhado por cortinas de fumaça.

Dormem o avô e a mãe. A metamulher fecha a janela e apaga o cigarro pela metade no cinzeiro sobre a mesa da sala, volta para a cozinha, bebe um copo de água e também vai dormir. Daqui a pouco ela precisa acordar, já é amanhã.

10.

Já é hoje, daqui a pouco ela precisa acordar.

Despertadores tocam nos três quartos, três despertadores num espaço de meia hora. O da mãe, o da metamulher, o do avô. Ele estava deitado apenas esperando a deixa, acordado no escuro, distraído com a conversa de um rádio portátil guardado em baixo do travesseiro para as noites mais demoradas. Quando sai do quarto, a mãe da metamulher já está vestida, avisa que o café já está na garrafa térmica, que ele pode ligar se por acaso qualquer coisa, que vai passar em casa perto do meio-dia para buscá-lo, que está atrasada e precisa ir logo. Ele responde só com a cabeça, ela já foi.

A metamulher está no quarto, se vestindo para o trabalho: camisa branca, calças sociais escuras, sapatos de salto alto e alguns acessórios discretos, além da maquiagem nos olhos, maçãs e lábios.

Também sai do quarto e vai até a cozinha, deseja bom-dia, bebe uma xícara de café e come uma torrada e, agora até o banheiro, escova os dentes, retoca a maquiagem dos lábios e TANDAM: a metamulher está pronta. Ela pergunta se o avô precisa de alguma coisa e avisa que hoje ela talvez chegue mais tarde, que está atrasada e precisa ir logo, que ele pode ligar se por acaso qualquer coisa. A metamulher vai de metrô sentido centro.

11.

Ela vai de metrô sentido centro, em pé, a postura rígida, um corpomatéria de carbono, água e nitrogênio movido a memórias e nicotina, um coração sístolediástoleando num tamborim inaudível, encoberto pelo atrito de ferro com ferro; sente a palma da mão esquerda suada em volta da haste de alumínio que flanqueia a porta do chão ao teto, contra a qual, além disso, sua perna direita pressiona a bolsa-pasta, pendurada ao antebraço pela correia; carrega na mão livre uma leve coceira e, com movimentos curtos dos dedos dobrados, usa as unhas compridas e feitas e pintadas de vermelho-escuro (matriz CMYK: 24%, 100%, 100%, 18%)

para aliviar o desconforto, leva na boca o mesmo rubro das unhas e um Halls sabor menta e eucalipto extraforte, os ouvidos vão anestesiados por uma coleção de electro-swing, e com os olhos escaneia as paredes do vagão, siderografadas com poemas de ódio e de angústia e de amor. Ela existe onde ocorre um padrão atômico específico, produzido em série nos parques residenciais cosmometropolitanos; para nós, que não a conhecemos, chama-se metamulher, mas, afinal, quem caralhos é a metamulher?

12.

Alguma bondade no coração e no olhar? Talvez no olhar.

Traumas de infância? Uma variação do mais clássico trauma de todos. Chegou em casa depois da escola, liberada mais cedo no último dia do ano letivo, para encontrar a bunda do avô no meio das pernas de uma velha frequente no jogo do bingo, saiu correndo até chegar no escritório onde a mãe trabalhava para encontrá-la com os peitos balançando e as mãos apoiadas na mesa e um homem de terno por trás dela. Acabou voltando para a escola.

Dúvidas em relação ao sentido da vida? Pff.

Um caderno de poemas? Se sim, fica muito bem escondido.

Uma visão de mundo diferente da das pombasbarataspessoas que a cercam? Quando ela vê um mendigo com um vira-latas atravessado no colo, ela vê um mendigo com um vira-latas atravessado no colo; quando ela vê um homem de terno, ela vê um homem de terno; quando ela vê um anúncio publicitário, ela vê um anúncio publicitário; quando ela vê um velho cagado nas calças, ela vê um velho cagado nas calças. As outras pombasbarataspessoas veem as mesmas coisas quando veem as mesmas coisas? Então.

Outros vícios além do cigarro? Carboidratos simples, mas esse não conta porque todo mundo tem.

Algum objeto precioso que guarda consigo como um amuleto? Tirando esse lance de precioso e esse outro lance de amuleto, sim: um isqueiro sem gás.

13.

O metrô para na estação central. As portas se abrem, passageiros (des)embarcam, as portas se fecham. Com a língua, a metamulher joga o Halls para um lado e para outro da boca. O metrô acelera, o ar em volta do metrô é espremido para os lados e para fora do túnel, o metrô desacelera e para na estação seguinte, saída à direita, atenção para o vão entre o trem e a plataforma. A metamulher desembarca, desatenta para o vão entre o trem e a plataforma. Nada acontece. Nada? Ela avança num clic-clac de alta frequência sobre o chão antiderrapante, o metrô acelera, o ar em volta do metrô é espremido, uma pombabaratapessoa xinga ao queimar a língua com o café, quem falava com ela ao telefone pergunta o que aconteceu, o vendedor da banca de jornais e revistas comenta as manchetes do dia com um cliente, uma das lâmpadas da estação se apaga, o ponteiro do relógio avança, uma senhora reclama da rigidez da catraca, outra reclama da dificuldade de acessar o metrô para quem empurra um carrinho de bebê, uma pombabaratapessoa inspira fundo antes de entrar no banheiro, o cliente da banca de jornais e revistas discorda do comentário do vendedor, a secretária do gerente regional de cooperação internacional vê a metamulher e cumprimenta, toca um telefone com uma música de sucesso de alguns anos atrás conhecida por todos os passageiros, a metamulher responde o cumprimento e oferece um Halls. Ou seja, nada.

A secretária do gerente regional de cooperação internacional aceita.

14.

Tua língua estala, um Halls sabor menta e eucalipto extraforte dança de um lado pro outro da boca. Das bocas. Você divide este momento de prazer com outra pessoa, não importa se vocês são um casal há vários anos ou se acabaram de se conhecer. Importa apenas que um sinta o frescor do hálito do outro. Este é um instantâneo de intensidade que durará apenas enquanto durar a pastilha, você sabe disso e aproveita ao máximo, procura extrapolar os limites do paladar e sentir o sabor extraforte também com o olfato e com a visão e com a audição e com o tato.

O que não é difícil.

Você inspiraexpira o ar do Halls, preenche a traqueia e os pulmões com o frescor. Teus olhos fechados veem uma escuridão iluminada pela força extra da menta e do eucalipto, e você escuta sempre o estalar das línguas e dos lábios. E com o tato você sente a pessoa com quem divide o momento, cujo corpo parece ter aderido à refrescância do Halls, desde o interior da medula dos ossos até a camada mais externa da pele.

E vice-versa.

15.

Já é amanhã, né. Aham. Como está o GRROA? Perdendo um pouco a cabeça nessas últimas semanas. [ ]. E o GRCI? Dá a impressão de que vai sobreviver, infelizmente. Ai, que saco. Essa é a sua primeira reunião de apresentação de resultados? É, eu fui contratada uma semana depois da última. Ah, é, e você sabe o que aconteceu com a menina que estava antes de você? Não. Uhm. [ ]. [ ]. Você não vai contar? Ela meio que fugiu com o GRCI daquela época. Não entendi. É porque é assim, né, e essa parte você já deve ter notado, mas a gente trabalha tanto durante o semestre, vai acumulando tanta ansiedade e exaustão física e mental, e vai suportando as náuseas e as brigas e o medo e o desânimo, e é tudo tão ruim no meio dessa porratoda que, quando chega a comemoração do fim do semestre, e é essa a parte que você ainda não sabe, mas tem uma comemoração no fim do semestre, com os gerentes regionais mais algumas convidadas, e então é tão importante e significativo e revelador e emocionante e eletrizante o prazer de ter todas as tensões do semestre aliviadas de uma vez só durante a comemoração que a coisa toda acaba virando uma experiência religiosa ou um evento-âncora da vida, tipo uma daquelas coisas que fazem viciados largarem seus vícios, ou uma daquelas outras coisas que fazem a gente pensar nem que seja por um instante que agora sim é que a gente entende o universo e que fazem a gente se sentir em harmonia cósmica. [ ]. Entendeu? Acho que ainda não. A secretária do GRROA e o GRCI de seis meses atrás meio que entraram numa comunhão espiritual durante a comemoração, aí largaram tudo e foram viver afastados da sociedade. Que fita. [ ]. Você já foi alguma vez? Já. Vai de novo? Mesmo que me convidem, eu estou menstruada. Quem acha ruim é você ou eles? Eu. É, eu também não gosto. [ ]. [ ]. O teu chefe até que tem um pau gostoso, mas ele é bem estranho, sabe, na comemoração que eu fui ele não tirou a roupa, ficou de terno o tempo todo. Eu olho e só consigo pensar que ele tem uns problemas de ereção ou algo do tipo, não sei por quê. Deve ser o estresse. Talvez seja. Vão te convidar amanhã, provavelmente, aí você vai ver em primeira mão, a comemoração e o GRROA. É, talvez convidem. [ ]. Pena que só tem homem na cúpula dos gerentes regionais. Não tem problema: na comemoração é todo mundo com todo mundo.

16.

As duas entram no arranha-céu onde trabalham e ZUÁÁ o ambiente climatizado e os funcionários bem vestidos e o cheiro de naftalina e o piso de granito e o pé direito triplo e TLEC passam pela catraca com seus crachás plastificados e magnetizados e mais sorridentes do que os verdadeiros rostos e PLIM o elevador abre as portas e engole a metamulher e sua colega e uns tantos e umas tantas profissionais da fé que falam e repetem ao operador o andar onde desejam parar. As portas se fecham.

Inspiraexpirações abafadas. Vozes reverberantes. Olhares insatisfeitos. O elevador esvazia aos poucos, chega ao trigésimo sexto.

Nos vemos [

Mais tarde? Que bela maneira de dizer que olha só, eu súper gosto de conversar com você assim: quando a gente se encontra por acaso lá do lado de fora, porque quem não gosta de falar umas besteiras de vez em quando e posar de descolada com umas anedotas repletas de figuras de linguagem, né, mas aqui dentro, com o ambiente climatizado e os funcionários bem vestidos e o cheiro de naftalina: acho que o problema é que não ia combinar.

] no horário de almoço?

Pode ser.

Meio-dia, no restaurante do décimo primeiro.

A metamulher sai, mais sorridente do que o crachá plastificado e magnetizado, vai até a mesa de trabalho, pousa no chão a bolsa, liga o computador e, antes de se sentar, olha em volta. A secretária do gerente regional de cooperação internacional sobe mais alguns andares. Ela sente uma pontada no baixo ventre, espera monasticamente que as portas se abram no quadragésimo andar e caminha com muita dignidade até o banheiro.

17.

É aquela época do mês, para você e para tantas outras mulheres.

Você costumava sofrer muito com a você-sabe-o-quê, dores de cabeça quase sempre, cólicas de vez em quando, irritabilidade, claro, mas principalmente: desconforto durante o dia. A cada passo, a cada compromisso, você era lembrada. E com você-sabe-qual-líquido escorrendo de você-sabe-qual-lugar, como poderia esquecer? Impossível.

Impossível? Era o que você pensava antes de experimentar estes novos absorventes de camada tripla com abas fixadoras. Eles se acomodam fácil e perfeitamente você-sabe-onde, absorvem todo o fluxo de você-sabe-qual-líquido e mantém você-sabe-qual-lugar seco e confortável durante o teu dia. A diferença é incrível.

Agora você já nem se lembra de que está menstruada, de que tem sangue e tecido uterino escorrendo da tua vagina. Agora você pode caminhar confiante e enfrentar teus compromissos como faria em qualquer outra época do mês. Ainda bem. Você estava cansada das figuras de linguagem.

18.

10:37 — o avô da metamulher não percebe a diferença entre o azul do céu (matriz CMYK: 90%, 67%, 0%, 0%) e o azul da montanha (matriz CMYK: 92%, 63%, 16%, 2%). Ele tenta encaixar duas peças. Elas não se encaixam.

Ele se inclina sobre as peças. Um dos pés da cadeira está frouxo. As peças não se encaixam. Ele se reclina contra o encosto. As peças não se encaixam. Ele tenta encaixá-las. Um dos pés da cadeira está frouxo, uma das cadeiras do estado afrouxa pé, uma das frouxas do pé cadeira estado, um dos estados da frouxa pé cadeira. Ele tenta encaixar duas peças. Elas não se encaixam.

O telefone toca.

O avô da metamulher se levanta, vai até a cozinha, procura nas gavetas uma chave de fenda, acha, volta, encaixa a chave de fenda no parafuso do pé frouxo: devagar, ele aperta o parafuso, sentindo a resistência cada vez maior, até completar uma volta. Ainda o toque do telefone. Ele devolve a chave de fenda à gaveta e atende.

Tudo bem?

Sim, tudo bem, está tudo bem com o avô da metamulher, se mantendo ocupado como pode, o quebra-cabeças, o pé da cadeira: tudo bem: merda, hoje, só no banheiro.

Tudo.

Ele anda pelo apartamento enquanto fala: cozinha, de volta para a sala, o corredor, por onde chega aos três quartos e dois banheiros.

Vou passar em casa ao meio-dia.

[   ].

Vamos no shopping comprar uma calça pra você.

O avô da metamulher volta para a sala e senta na cadeira, ele se inclina sobre as peças e se reclina contra o encosto e se inclina sobre as peças, todos os pés da cadeira estão firmes. O avô da metamulher não percebe a diferença entre o azul do céu (matriz CMYK: 92%, 66%, 0%, 0%) e o azul da montanha (matriz CMYK: 90%, 61%, 15%, 3%). Ele tenta encaixar duas peças, encaixe peça elar dois tentos, tento ela peçar dois encaixes, peças encaixam tentar dois eles. Elas se encaixam.

É, acho que estou precisando de uma calça nova.

19.

10:37 — o gerente regional de rentabilidade e otimização de agências está atrasado. A metamulher liga para o celular dele. Sem resposta. Ela atende ligações e responde e-mails. Ele está atrasado. A metamulher liga para o celular dele, a ligação para o celular da metamulher, o celular metamulhera a ligação dele parar. Sem resposta. Ela cobra de gerentes locais o envio de planilhas de resultados, ela cobra de gerentes de agências o envio de planilhas de resultados, ela faz um estudo prévio para a compilação dos resultados, ela distribui as tarefas mais urgentes entre os membros da equipe, ela liga de novo para o celular do GRROA.

Onde você está?

A caminho.

Claro, porque a metamulher não deduziu isso antes? O gerente regional de rentabilidade e otimização de agências está a caminho, ele pode estar saindo agora da terceira lua de saturno depois de assistir a um jogo de baralho entre um humanoide selvagem e um ornitorrinco cego, pode estar a meio caminho entre o núcleo e a crosta terrestres, escavando magma e placas tectônicas com uma colher de sobremesa em direção à superfície, o importante é que está a caminho.

Você vai [

A metamulher tenta imaginar o gerente regional de rentabilidade e otimização de agências na comemoração do fim do semestre, mas. Quando ela vê um homem de terno viciado em cocaína e com problemas de ereção, ela vê um homem de terno viciado em cocaína e com problemas de ereção.

] demorar?

Um homem de terno com uma pilha de documentos recém-grampeada ao indicador da mão esquerda dá um grito em si bemol, pedindo ajuda.

Eu não entendi, pode repetir?

Já estou chegando.

Ok, até daqui a pouco.

A metamulher desliga o telefone e continua, o telefone continua a metamulher e desliga, o desligamento telefona a continuação e metamulhera, a continuação desliga a metamulher e telefona. Um funcionário bem vestido se aproxima da mesa onde ela trabalha, será que o gerente regional de rentabilidade e otimização de agências ainda vai demorar muito? Não, não vai demorar, não, ele já está chegando. Ele se afasta da mesa, ela retoma o trabalho, todos em volta continuam.

20.

O ambiente climatizado e os funcionários bem vestidos e o cheiro de naftalina e os telefones tocando e as vozes das secretárias e as risadas abafadas por trás das paredes e portas lustrosas e a metamulher continua, linda de carneosso, com constância e força e luta e mais, um corpomatéria de carbono, água e nitrogênio movido a memórias e nicotina, e, apesar de não ser uma profissional da fé, ela consegue entregar, atende ligações e responde e-mails e cobra de gerentes locais o envio de planilhas de resultados e cobra de gerentes de agências o envio de planilhas de resultados e faz um estudo prévio para a compilação dos resultados e distribui as tarefas mais urgentes entre os membros da equipe e continua, ainda à espera do gerente regional de rentabilidade e otimização de agências, ela olha em volta e vê as paredes e portas lustrosas e mesas e cadeiras e telefones e telas e pombasbarataspessoas que olham em volta e veem uma grande instituição financeira e continuam, todos, com constância e força e luta e mais, lindos de carneosso, corposmatéria de carbono, água e nitrogênio movidos a memórias e nicotina e a memórias e sertralina e a memórias e diacetilmorfina e a memórias e benzoilmetilectonina e a memórias e cafeína e a memórias e benzodiazepinas e a memórias.

O gerente regional de rentabilidade e otimização de agências chega. A metamulher o cumprimenta, se retira para o banheiro e tenta acender um cigarro. Mas seu isqueiro está sem gás.

21.

Tá: então ela é uma funcionária competente, uma colega sociável, uma neta atenciosa e uma filha distante, ela é a personagem de vários anúncios publicitários e tem uma lista de coisas mais ou menos interessantes que podem ser ditas a seu respeito. Ótimo.

Mas quem caralhos é a metamulher?

Porque agora aquela porratoda de se encostar na parede e acender o cigarro e se vestir para o trabalho já não está mais isolada de um conjunto. E, ainda assim, resiste a significar.

E a metamulher também sabe disso: e também acha isso uma putaqueopariu.

Porque tem outra coisa que a metamulher sabe: que todo esse lance de ficar procurando do lado de dentro de si mesma uma identidade, um lance tipo: buscar uma essência interior que seja só dela e de mais ninguém, que seja o que diferencia a metamulher de todas as outras pessoas, um lance de ter assim: uma epifania sobre a pedra angular do seu ser mais íntimo durante uma vivência importante ou significativa ou reveladora ou emocionante ou eletrizante, durante uma experiência religiosa ou um evento-âncora da vida, o tipo de lance que faz um viciado largar o seu vício ou que faz a gente pensar nem que seja por um instante que agora sim é que a gente entende o universo e que faz a gente se sentir em harmonia cósmica: todo esse lance, a metamulher sabe: é uma pira totalmente errada.

Porque é claro que esse lance não existe.

Então tá, né, se esse lance não existe, não se fala mais nele, porque tudo bem, tudo isso que a metamulher sabe súper faz sentido, ela com certeza está certa: fato: é claro que esse lance não existe, mas e se ele existir? Afinal, a metamulher existe e ela está ali, ó, acabada no banheiro do trabalho, rezando por um isqueiro emprestado, e a metamulher é a metamulher, uma funcionária competente, uma colega sociável, uma neta atenciosa e uma filha distante, é a personagem de vários anúncios publicitários e tem uma lista de coisas mais ou menos interessantes que podem ser ditas a seu respeito, é uma pessoa com voz de mulher e rosto de mulher e cabelos e corpo de mulher, não é um homem de terno com problemas de ereção e viciado em cocaína, porque este é o gerente regional de rentabilidade e otimização de agências, não é uma advogada que já há tempos se tornou alguém na vida, porque esta seria sua mãe, não é um homem idoso que se sente um peso para a família mas ainda procura com afinco os pequenos prazeres da existência — montar duas peças do céu de um quebra-cabeças, apertar um parafuso frouxo, folhear as páginas grossas de um livro de fotografias —, porque este seria o seu avô. É a metamulher.

Por quê?

Isso ela não sabe. E também acha isso uma putaqueopariu.

22.

A metamulher entra no escritório do chefe. Por baixo da manga direita da camisa, ela esconde um adesivo de nicotina. O chefe sorri para a metamulher, a metamulher sorri para o chefe, o sorriso chefia para a metamulher, o chefe metamulhera para o sorriso. Por baixo da manga direita da camisa, ela esconde um adesivo de nicotina.

Ainda falta [

Ela reconhece o perfume do GRROA. Uma memória. Ela tenta lembrar. Não lembra. Uma memória. Ela reconhece o perfume do GRROA. Ela tenta lembrar. Uma memória. Ela tenta. Não lembra.

] alguma agência?

Não, só a compilação e a análise das últimas que enviaram.

[ ].

Sério? Silêncio? Que tal bom trabalho ou desculpe o atraso ou obrigado ou estou impressionado ou vou te dar um aumento ou pode ir, você merece o resto do dia de folga ou posso te fazer uma massagem nos pés e depois te chupar durante uma hora enquanto você cheira a cocaína mais pura que vai encontrar nessa cidade: é o mínimo. Nada?

Acho que é isso, então.

[ ].

Algum recado?

Recado, assim, *ipsis litteris*, nenhum, mas que a metamulher tem uma ou duas palavras pra dizer, ah, isso ela tem.

Recado, não, só uma pergunta:

BOOM é difícil satisfazer a tua esposa com esse pau murcho ou CATAPLOFT é fácil conviver com essa fraude que você é ou JASPLAU você já pensou em se olhar no espelho sem o terno pra cobrir essa tua bunda mole ou CRASHVAPCABUM acho que nesse fim de semestre quem vai dar uma festinha sou eu, você vai ser o convidado de honra e todos os teus subordinados vão fazer fila pra te foder, que tal?

Qual é o nome desse perfume?

The Maze.

Uma memória. A metamulher era modelo e foi contratada para um anúncio de perfume. The Maze, *for him* e *for her*. Um anúncio até que bem ousado, tanto quanto pode ser um anúncio publicitário. Uma memória.

23.

Você é um homem. Tuas roupas e tua postura e tua expressão são um retrato de virilidade, o mundo inteiro estaria aos teus pés se você quisesse. Você quer. O teu desejo é uma ordem. Você molda os ambientes que frequenta e se projeta nos objetos que possui e seduz as pessoas que conhece. Ninguém é páreo para você, não enquanto você carregar na pele este perfume. Sem igual. Uma mistura de sabores e fragrâncias com a aura, ao mesmo tempo, dos mares, das florestas e do sol. Você sente o próprio corpo ser tomado por ele até se perder completamente na sensorialidade de si mesmo. Já não é mais nada se não o perfume que te define, por trás dele, a delicadeza das tuas roupas e da tua postura e da tua expressão são imperceptíveis. Você é uma mulher.

24.

Então tem The Maze feminino? [ ]. Eu não sabia. Tem, mas foi só um anúncio para os dois, e eu fui a única modelo, fiz o homem e a mulher. Como assim? Não é qualquer modelo que consegue, mas acontece às vezes. [ ]. É só mudar o cabelo, a maquiagem e as roupas, fazer uma pose mais assim e: *voilà*!, é fácil. Não sei se eu acredito. Se não quiser acreditar, não tem problema, mas é assim que acontece. [ ]. A gente consegue se passar por qualquer coisa, é só se cercar dos objetos e das pessoas certas. Não sei se eu quero acreditar. Não tem problema. [ ]. Eu já não sou modelo há vários meses, agora isso é só uma memória, não significa nada. Você ainda tem uma cópia desse anúncio? [ ]. Queria dar uma olhada nele, pôr à prova esse meu ceticismo. Não sei se tenho. Cada coisa que fazem. Deve ser fácil encontrar na internet. Vou procurar depois, quero ver se me convenço. Você não acredita tipo: literalmente? É, não estou conseguindo acreditar. Achei que. [ ]. Nada. [ ]. [ ]. Acho que é isso, então.

25.

O ambiente climatizado e os funcionários bem vestidos e o cheiro de naftalina e os telefones tocando e as vozes das secretárias e as risadas abafadas por trás das paredes e portas lustrosas e a metamulher faz uma pausa para almoçar, ainda linda de carneosso, parada, ainda, adiante num clic-clac até o elevador e o elevador até o saguão do térreo e pela catraca porta afora até o centro do mundo das pombasbarataspessoas com um cigarro entre os dedos e um isqueiro emprestado. A fumaça nos pulmões faz o tempo parar. E a metamulher, ainda, até, linda de carneosso, invisível contra a parede do arranha-céu e surda para o lado de fora e muda para o lado de dentro de si mesma, sem pensar ou querer ou sentir, existindo num ritmo lento que não existe, deixando para depois a vontade de manter coesos os estilhos de história e memória, os objetos e as pessoas que a cercam, a carcaça de uma biografia possível, para depois a insistência de reunir num mesmo lugar e ao mesmo tempo essa porratoda que por um hábito herdado ela chama de identidade. A metamulher joga fora a bituca e deixa escorrer a fumaça pela boca e pelas narinas.

Ela sobe até o décimo primeiro para almoçar com a secretária do gerente regional de cooperação internacional. Mas não a encontra.

26.

No meio do almoço solitário — salada de três cores, peito de frango, batatas salteadas —, a metamulher recebe uma ligação da mãe, o avô, bláblábla, depois do almoço, o trânsito, tititi, a médica, os médicos, o procedimento de reanimação, nhemnhemnhem, agora sedado, vivo, um milagre.

Ela fica preocupada.

Deixa a refeição pela metade.

Sobe até o trigésimo sexto.

Fala com o gerente regional de rentabilidade e otimização de agências, uma ligação da mãe, o avô, blábláblá, depois do almoço, o trânsito, tititi, a médica, os médicos, o procedimento de reanimação, nhemnhemnhem, agora sedado, vivo, um milagre. O GRROA acredita, é claro que a metamulher pode ir, não tem problema, será que ela vai voltar ainda hoje?

Ela recolhe as coisas na mesa.

Pega a bolsa.

Desce até o saguão do térreo e pela catraca porta afora.

Começa um clic-clac de alta frequência sentido hospital, duas quadras pra lá, pra cá, reto até a esquina de um prédio mais ou menos histórico e depois reto até chegar, não é longe, ela desvia das pombasbarataspessoas em volta, contorna a esquina, escuta, vê um mendigo com um vira-latas atravessado no colo, continua, o sinal vermelho para os pedestres, ela olha, corre, atravessa, escuta a buzina, não se importa, vai adiante e já pode ver o hospital e diminui a frequência do clic-clac e vai adiante e chega. A metamulher entra.

27.

Um espaço de loucos, o hospital é um espaço de loucos. Que não entendam mal, cada paciente, funcionário ou visitante é são em seu próprio mérito, responde a si mesmo e a mais ninguém, mas a metamulher, por exemplo, secretária do gerente regional de rentabilidade e otimização de agências, uma jovem um pouco perdida no tempo e no espaço da vida, como é a maioria dos jovens, não resiste ao escrutínio de uma das recepcionistas, que vê nela uma doença sexualmente transmissível ou um problema psiquiátrico ou a busca por um atestado médico, as três causas mais comuns — entre as invisíveis — para uma jovem ir ao hospital, dos dois acadêmicos que passam por ela e conversam excitados sobre um futuro possível, da própria mãe, que a vê de longe e não encontra nela o conforto que esperava. De novo quatro pessoas, uma diante de outras três.

Mais os trechos de conversas, cheiros e perfumes, um milhão de traços físicos de um milhão de etnias, as memórias de cada um e a memória coletiva: o hospital universitário não é um plano geral do edifício nem um plano americano de um grupo de médicos nem um plano detalhe da dor de um paciente: ele é um *plongée* da planta de cada andar, com os milhares de pombasbarataspessoas pelos corredores e quartos e salas de exame e os equipamentos e os cadáveres e os azulejos e as lâmpadas fluorescentes. Em meio a um presente tão fervilhante, a dúvida sobre o futuro de cada paciente acaba descartável. Pelo menos para quem precisa se preocupar apenas com um, pelo menos para quem está só de passagem.

28.

O avô da metamulher está sedado. Ela o vê, mas ele não. Nenhum dos dois fala. Ela olha e pensa. E não fala. Quando ela vê um homem de terno, ela vê um homem de terno. A mãe da metamulher olha e pensa. E fala que está tudo bem, daqui a pouco ele vai acordar, vão poder conversar, voltarão juntos. Mas quando a metamulher vê um mendigo com um vira-latas atravessado no colo, ela vê um mendigo com um vira-latas atravessado no colo. Duas enfermeiras olham e pensam. E falam entre si e riem e sentem pena. O avô da metamulher está sedado. Ele não olha nem pensa. Nem fala. A mãe da metamulher olha e pensa e repete que está tudo bem, daqui a pouco ele vai acordar, a médica e os médicos salvaram salvaram salvaram a vida do avô da metamulher. Mas quando a metamulher vê um anúncio publicitário, ela vê um anúncio publicitário, quando ela vê um velho cagado nas calças, ela vê um velho cagado nas calças. Ela olha e pensa. E:

Dois acadêmicos olham e pensam e reconhecem a metamulher: eles sabem quem ela é.

29.

Você é uma mulher, tem o corpo de uma mulher e não tem medo de mostrá-lo. Por que deveria? O verão e a praia e o calor e o sol são teus melhores amigos e, apesar das pernas douradas e do umbigo suado, a tua maior arma de sedução é o: sorriso. Não há quem te resista, todas as mulheres querem ser você, todos os homens querem estar com você. Você sabe aproveitar a vida, o verão não foi feito para ser gasto dentro de um escritório ou no meio dos arranha-céus da cidade. O verão foi feito para ser desfrutado na beira do mar, e você foi feita para o verão. Com um biquíni estampado, liso ou de bolinhas, frente única, cortininha ou tomara-que-caia, sunquíni, fio-dental, cintura baixa ou lacinho. Não importa. Você é uma mulher, tem o corpo de uma mulher e não tem medo de mostrá-lo. Você: é a dona da praia.

30.

O dia está bonito. A metamulher sai do hospital para fumar um cigarro, se encosta na parede, ao lado de homens e mulheres que ficam na frente do hospital como numa estação de metrô nos horários de pouco movimento, a alguns passos umas das outras, usando os celulares e procurando saber as horas e olhando para os lados e evitando olhar umas para as outras, mas nem sempre resistindo.

Você tem um isqueiro?

Não.

Quem sabe um fósforo ou um lança-chamas? Um bico de Bunsen? Duas pedras afiadas? Nada? Tudo bem, está certo, ela é médica e não fuma, e mesmo que não fosse, e mesmo que fumasse, bem, ninguém tem obrigação, né: a metamulher sabe disso.

Você parece meio familiar.

A sirene de uma ambulância se faz escutar, atrai os olhares dos homens e mulheres na frente do hospital como o barulho do metrô chegando na estação.

É o jaleco: [

Óóóbvio que não é o jaleco.

] todo mundo fica parecido de jaleco.

Nem todo mundo, mas ok, é uma bela maneira de se esquivar e encerrar o assunto. O que a metamulher vai dizer? Não, não é o jaleco, na verdade o que acontece é que eu vi na mesa do meu chefe uma fotografia sua, é, do meu chefe, isso, um homem de terno meio assim, viciado em cocaína e com problemas de ereção, exato, eu sou a secretária do seu pai. E por falar nisso, amanhã ele vai chegar em casa tarde. Sem chance: e a metamulher sabe disso.

Eu preciso voltar ao trabalho.

Sem problemas, o dia está bonito e a metamulher vai ficar aqui fora, vai encontrar alguém que tenha um isqueiro para emprestar e vai acender o cigarro, vai tragar e olhar para cima e sentir a fumaça nos lábios e língua e dentes e laringe e cordas vocais e glote e traqueia e pulmões e vai conter um ataque de tosse e piscar com os olhos cheios do azul do céu (matriz CMYK: 90%, 67%, 0%, 0%).

(cabeça)

1.

É, fez, ela fez uma parada voltar, foi estranho, BUM, PÁ, PIMBA, bem estranho, mas foi o que aconteceu: a X fez uma parada voltar, a volta X-ou uma parada fazer, a parada voltou uma feitura X-ar.

Que fita.

E por unanimidade, até agora: não é à toa que certas frases se tornam clichês.

[ ].

Quem era [

O paciente? Como é que esse menino espera que a X responda? Pensa naquele ator famoso, um já bem velho, que fez aquele filme no ano passado, era um cara parecido com ele. Ou: imagina uma versão mais magra e doente do professor de química orgânica do primeiro ano: então, igualzinho.

] o paciente?

Sem interromper o clic-clac, ele fecha o Casos Clínicos do DSM-5, inclina o ombro esquerdo e tira o braço da alça da mochila ao mesmo tempo em que a joga com o ombro direito para a frente do corpo, abre o zíper e guarda o livro.

Era o mesmo do A_1 e do A_2?

[ ].

É, eles já contaram pra todo mundo.

Gesto. X e Y se olham, ainda de mãos dadas, o clic-clac ainda moderado. Chegam no café em frente ao hospital. Gesto, gesto. X e Y vão entrar no café. O menino do segundo ano se despede. X e Y se olham, ainda. Entram no café.

2.

O pedido: um cappuccino e um croissant de nozes para Y, um duplo macchiato e uma fatia de bolo de cenoura para X. Y escolhe a mesa ao lado da janela da frente, com uma vista discreta para a rua do hospital, intercalada pelo verso do adesivo da logomarca do café. Um pedaço de céu, um fragmento de rua, pombasbarataspessoas de passagem, uma listra branca do verso do adesivo, uma e duas e três janelas do prédio do outro lado da rua, mais um pedaço de céu, janelas e tetos de carros. Saindo: um cappuccino e um croissant de nozes para X, um duplo macchiato e uma fatia de bolo de cenoura para Y, que troca os pratos e xícaras de lugar.

Parece que estão observando a gente.

E de novo o ego dessa tal de X. Alguém podia avisá-la: as pombasbarataspessoas do lado de fora têm problemas e desejos e preocupações e alívios e alegrias e tristezas próprias, mesmo que a maioria delas não pareça assim: tãããão complexa, todas são, inclusive o mendigo que resmunga em lá sustenido, inclusive o malabarista da esquina de cima.

Quem?

Todo mundo que passa.

Gesto: até a existência de Y é independente da de X, mesmo tão íntima da existência de X, mesmo para nós, que só conhecemos a existência de Y através da de X.

Se o seu turno no hospital começasse mais tarde, [

A gente podia ter dormido uns minutos a mais. Se o seu turno no hospital começasse mais tarde, a gente podia dar uma antes de você ir trabalhar. Se o seu turno no hospital começasse mais tarde, você talvez fosse mais feliz. Se o seu turno no hospital começasse mais tarde, não existiria essa nuvem de palavras nãoditas. Se o seu turno no hospital começasse mais tarde, o mundo ficaria a salvo. Se o seu turno no hospital começasse mais tarde, o seu turno no hospital não começa mais tarde.

] você podia ir na reunião com o meu orientador: ele nem ia saber a diferença.

X e Y têm a mesma cor de cabelos, o mesmo manequim, a mesma altura e o mesmo tamanho de sutiã.

Você não estava animada com a monografia?

Tem muita coleta de dados, [

Mais um fragmento de rua, mais janelas e tetos de carros, mais um pedaço de céu, mais pombasbaratasspessoas de passagem.

] mas tudo bem, vou ver o que o orientador fala na reunião de hoje.

X faz uma careta: o café não combina com os resquícios da menta e eucalipto extraforte. Mas passa logo.

O que você ia falar?

[ ].

Quando o calouro te interrompeu.

Acho que ele já é do terceiro ano.

[ ].

Era [

Mas o problema é que a X não sabe muito bem o que ela ia falar, talvez ela estivesse deixando escapar alguma coisa importante ou significativa ou reveladora ou emocionante ou eletrizante sobre essa porratoda de ter feito — feito — uma parada voltar, ou talvez fosse só um comentário sobre a discrepância entre a previsão de chuva e o céu azul (matriz CMYK: 90%, 67%, 0%, 0%).

].

Gesto.

Nada: só uma frase que eu vi riscada na parede do metrô.

[ ].

O fim é o começo da poesia.

Y escuta e sente e interpreta a frase por todos os filtros de sua existência, e também aqui: ela tem irmãos e irmãs?, uma família?, história de vida?, personalidade?, religião?, gostos e forças e fraquezas?, um emprego?, sonhos não realizados?, uma grande decepção amorosa?, uma deficiência física ou um transtorno esquizofreniforme?, alguma bondade no coração e no olhar?, traumas de infância?, dúvidas em relação ao sentido da vida?, um caderno de poemas?, uma visão de mundo diferente da das pombasbarataspessoas que a cercam?, outro vício além desses gestos?, algum objeto precioso que guarda consigo como um amuleto? Todos os filtros de sua existência.

Tomara que seja.

Y pousa o garfo e a faca, ajeita o peso do corpo para cima da perna esquerda e cruza a direita por cima dela, pega a xícara com as duas mãos, polegares e dedos médios em torno da borda, e cheira o cappuccino, sem beber.

Tomara?

O garçom traz a conta, X paga, ainda se demoram um pouco na mesa, com meios olhares e meios sorrisos e meios silêncios, mas já sem tempo de esperar o tempo passar. Levantam-se. O movimento embaralha a vista da janela, a janela movimenta o embaralhamento da vista, o embaralhamento vê a janela do movimento. A X inspiraexpira fundo. As mãos dadas. O verso do adesivo da logo do café. Mão direita com mão esquerda. O clic-clac moderado na direção da faculdade.

Quer um?

Y aceita com um gesto: gesto.

X olha para o lado esquerdo. O semáforo brilha em vermelho para os motoristas. A fila de carros estaca, a fila de carrosestaca, os carros de estaca filam, a estaca de filas carra. X e Y atravessam a rua pela faixa de pedestres. Homens e mulheres já na frente do hospital, frentes e homens já no hospital das mulheres, hospitais e jás frente às mulheres dos homens, mulheres e frentes hospitalizadas nos homens do já. X e Y param em frente à porta.

[ ].

[ ].

[ ].

[ ].

[ ].

Você vai se atrasar.

[ ].

[ ].

Te espero aqui no fim do meu turno.

Gesto: cada uma ao próprio compromisso.

3.

Teu corpo deitado, teu corpo feito de muitas partes, as partes do teu corpo sentindo dor. As partes do teu corpo vivas, as partes vivas do teu corpo, todas as partes do teu corpo: vivas. Sentindo dor. E você. É você. Você é: o teu corpo deitado, o teu corpo feito de muitas partes, as partes do teu corpo sentindo dor. A dor sentindo as partes do teu corpo, o teu corpo doendo o sentimento das partes, o sentimento partindo o teu corpo de dor: é você. E você. Vivo. Você é sentindo dor você é as partes vivas do teu corpo você é todas as partes do teu corpo: vivas. Sentindo dor enquanto vivas, vivas enquanto sentindo dor, enquanto doído sentindo vida, sentimento vivo enquanto doendo. E você. É você. Se você. Fosse tivesse sido pudesse ter sido. Você é o teu corpo deitado. Se você pudesse gritar, você já não é o teu corpo deitado.

4.

Ele foi? Parece que sim. Parece? É, ué. A gente podia avisar ela. Pra quê? Só pra ela saber. Entendi. Então chama ela. Eu? Você. Mas eu nem sei pra quê que você quer chamar. Você não disse que tinha entendido? É, mas. Então chama. Mas ela vai mesmo querer saber? Claro que vai. Sei não. Pois eu sei. Se é você quem sabe, você é quem devia chamar. Mas que teima. O que é que te custa? Chama logo, antes que o da cama seis também vá. O da cama seis ainda não foi? Quase. Não era hora então de colocar o fone de ouvido pra ele? Então eu chamo ela e você coloca. Mas não era pra eu chamar? Você é quem sabe. Chama logo. Você acabou de dizer que ia chamar. Não disse, não, perguntei. Tanto faz. Vou chamar. Agora eu já chamei. Então pronto. Pronto? Daqui a pouco ela chega.

5.

Na verdade, ela já chegou. Já começou: PLAFT e TCHUM e CATAPLAU e TUSCH: o clic-clac de um lado para o outro nos corredores e nos quartos e nas salas de exame e a X, linda de carneosso, vai de um paciente a outro, preenche formulários, coleta sangue, pede exames, conversa com pacientes e médicos e médicas e visitantes e enfermeiros e enfermeiras e o A_1 e o A_2 e a X continuam com o trabalho e o trabalho continua com o A_1 e o A_2 e a X e será que não muda nunca essa bosta, é o A_2 quem pergunta, será que não muda nunca essa bosta? Mas ontem eles já tiveram uma parada cardiorrespiratória para reverter sem ter o preceptor por perto, o que mais o A_2 quer, agora é o A_1 quem quer saber, o que mais o A_2 quer? Nada não, é só que PLAFT e TCHUM e CATAPLAU e TUSCH tem todo dia, aí a porratoda fica meio chata, mas o A_1 tem razão, é verdade, o A_2 não tem do que reclamar, e aliás, como está o paciente P? Ele continua estável? Mais estável impossível, é a vez de a X responder, talvez não com estas palavras, mas é ela quem responde, morreu, uma enfermeira acaba de avisar. O paciente P acaba de morrer? É, foi o que a X disse, o paciente P acaba de morrer, e o A_1 e o A_2 não podem dizer que acham isso importante ou significativo ou revelador ou emocionante ou eletrizante: é o que é: o paciente P, um velho diabético e hipertenso, acaba de morrer. Não será o último e não foi o primeiro. O primeiro.

A X se lembra bem do primeiro:

6.

PUFF: a oftalmologista fica sem reação enquanto o paciente cai da cadeira com a mão direita agarrada às banhas do peitoral, PUFF, um soprinho de ar nos olhos para checar o glaucoma, PUFF, uma obstrução no nascimento da artéria coronária, isquemia em quarenta por cento do tecido do miocárdio, arritmia cardíaca maligna: infarto fulminante seguido de morte súbita: PUFF. Ela contempla o relógio de parede sem conseguir ver as horas, se levanta, dá a volta na mesa e um passo grande por cima do paciente, abre a porta do consultório e sai e fecha a porta do consultório.

Cheia daquela *vibe* de nervosismo petrificado típica de quem estava psicologicamente preparada para fazer um exame de glaucoma num paciente mas o acabou matando — óóóbvio que ela não o matou, mas: né? —, a oftalmologista passeia pelos corredores e quartos e salas de exame do hospital universitário, bom dia, enfermeira, eu queria saber, não, a enfermeira não, a oftalmologista precisa de ajuda, mas a enfermeira não, quem sabe, bom dia, doutora, ela para na frente de uma acadêmica com o livro de regras fresco no lobo temporal medial, porque o que acontece é que a oftalmologista nunca preencheu um atestado de óbito, não sabe onde conseguir um atestado de óbito, nem sabe a aparência de um, mas sem problemas, a acadêmica sabe, ela pode ajudar.

7.

Acabou, então, querida. Ele foi mesmo, e dessa vez não volta. Vai pronunciar? São 09:34. O atestado eu já peguei, é só preencher. A gente entrega pro doutor assinar depois. Ele vai passar aqui daqui a pouquinho. Tem um outro ali na cama seis que também tá pra ir. Mas esse eu não sei não, tá assim já faz umas horinhas. O fone continua lá, menina, se ele estiver incomodando você. E isso é jeito de falar? Só tô falando. Já preencheu? Não apressa ela. Sabe, querida, todos os atestados de óbito passam pelas mãos das enfermeiras. Isso é verdade. E pode até parecer insensível, mas é o que é. Aquele lá, ó, cama oito: homem obeso e fumante de 56 anos, infarto do miocárdio. O da cama seis, que tá pra ir: 87 anos, com histórico de AVC. A paciente da cama onze: câncer de mama, a mãe dela também foi de câncer. A vizinha de lá, cama treze: problema renal associado ao abuso de drogas, ainda com esperança de um transplante. E por aí vai. A gente viu tanto do que aconteceu no passado que já sabe o que esperar do futuro. Esse seu era idoso, diabético e hipertenso. Mais um pras estatísticas.

8.

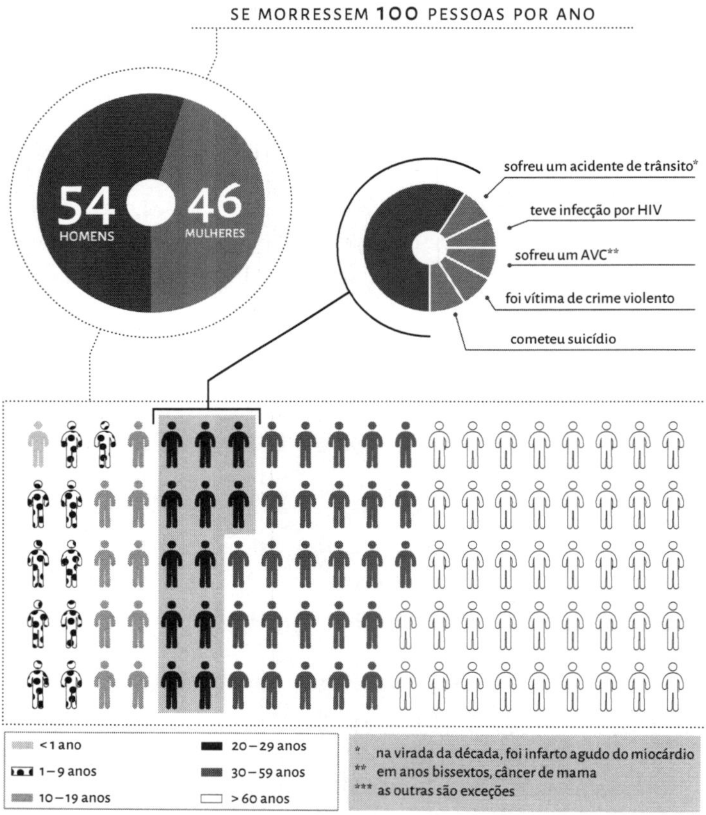
SE MORRESSEM 100 PESSOAS POR ANO
54 HOMENS
46 MULHERES
sofreu um acidente de trânsito*
teve infecção por HIV
sofreu um AVC**
foi vítima de crime violento
cometeu suicídio
<1 ano
1–9 anos
10–19 anos
20–29 anos
30–59 anos
> 60 anos
* na virada da década, foi infarto agudo do miocárdio
** em anos bissextos, câncer de mama
*** as outras são exceções

9.

O trabalho segue com ela, um paciente P a menos não faz diferença segundo a norma do hospital, o trabalho segue com ela certa e óbvia e axiomisticamente: o clic-clac de um lado para o outro, ainda, e a nuvem de palavras nãoditas. Os acadêmicos fingem não perceber, o hospital — menos duas enfermeiras — não percebe de fato. Elas sim, elas percebem.

Que tédio.

Desculpa aí, A_1, a X e o A_2 e as enfermeiras já vão providenciar uns pacientes em estado crítico e uns outros com doenças misteriosas pra tentar aplacar esse teu tédio. Aguenta só mais um pouquinho. A pokerface e a pokervoice da X não a traem.

Cadê o preceptor?

Quem sabe ele não foi lá na esquina buscar o malabarista pra entreter o A_1.

Não sei.

Deve ter saído pra comprar cigarro.

Foi isso mesmo, ele saiu pra comprar cigarro: outro corpomatéria de carbono, água e nitrogênio movido a memórias e nicotina, a mais memórias e a mais nicotina, porque mesmo que o preceptor não pareça assim: tãããão complexo, e mesmo que nós só o conheçamos através da existência de X, ele também é uma pombabaratapessoa com problemas e desejos e preocupações e alívios e alegrias e tristezas próprias. Lindo de carneosso.

Putaquepariu.

[ ].

Será que hoje não vai acontecer nada?

Como assim nada? E a morte do paciente P? E o PLAFT e TCHUM e CATAPLAU e TUSCH? O trabalho segue.

Nunca acontece nada.

Que resposta idiota: já deveria estar claro: sempre e nunca são palavras permanentes demais para descreverem o mundo, não resistem à passagem do tempo, caem logo em contradições, e o A_2 tem jeito de quem talvez já devesse ter aprendido isso empiricamente. Pois esteja dito: nunca acontece nada é uma resposta idiota.

Putaquepariu.

Mas aquela é a natureza do hospital, um espaço de normas onde as coisas são o que são; e essa é a natureza da memória de cada um, espaço de loucura que reinterpreta do lado de dentro o que passa pelo lado de fora.

Que tédio.

O A_1, o A_2 e a X seguem com o trabalho e o trabalho segue com eles e o hospital — menos duas enfermeiras — não percebe que já está acontecendo alguma coisa. Elas sim, elas percebem. Percebem que o A_1, o A_2 e a X seguem com o trabalho e que o trabalho segue com eles e que PLAFT e TCHUM e CATAPLAU e TUSCH e que uma ambulância chega no hospital. Elas percebem que é urgente.

10.

Ele pode esperar. Ele pode esperar. Assovia. Chama o cachorro. Ele pode esperar. É a vida que é do jeito que a vida é.

Ele tem irmãos e irmãs?, uma família?, história de vida?

Ele começa tudo de novo. Tudo o quê? Ele começa o caminho sentido centro.

Personalidade?, religião?, gostos e forças e fraquezas?

É longo o caminho sentido centro. Ele cambaleia. Ele resmunga em lá sustenido. O corpo dele feito de muitas partes: tronco coberto de suor e sebo e fumaça, pernas trançadas de embriaguez, braços abertos para a cidade, cabeça embaralhada de fome. Ele resmunga em lá sustenido. O cachorro o segue.

Um emprego?, sonhos não realizados?

A cabeça embaralhada de fome. A vista embaçada. É longo o caminho sentido centro. Ele olha adiante. Não vê. Tropeça no meio-fio. O corpo dele deitado.

Uma grande decepção amorosa?

O cachorro o espera. É proibido deixar na rua animais abandonados. A cidade recolhe da rua indigentes que não tenham animais. O cachorro pode esperar. O cachorro o espera. Ele se levanta. Dor no joelho. Rasgo novo na calça. Ele se levanta. Começa tudo de novo.

Uma deficiência física ou um transtorno esquizofreniforme? Alguma bondade no coração e no olhar?

Fome. O tempo faz a única coisa que sabe fazer.

Traumas de infância?

Ele resmunga em lá sustenido. Ele cambaleia. É a vida que é do jeito que a vida é. A embriaguez muda o peso do mundo. Para mais e para menos.

Dúvidas em relação ao sentido da vida?, um caderno de poemas?

O tempo. Ainda é noite quando ele chega. É escuro. É noite? A noite é escura. Não é tão escuro quanto a noite. O poste. A marquise. Ele chega.

Uma visão de mundo diferente da das pombasbarataspessoas que o cercam?

Ele olha adiante. Não vê. A banda da noite do mundo em volta, sem regente, mas cheia de talento e harmonia entre as copas de árvores varridas pelo vento e postes atropelados por carros e sirenes e cachorros e vidros quebrando e sussurros e gritos e choros de bebê.

Outros vícios além do álcool?

O corpo dele sentado. O cachorro atravessado sobre o colo. Fome. O tempo. Ele resmunga em lá sustenido. As partes do corpo sentindo dor. Ele pode esperar. A respiração convulsa. O tempo. A fome. A embriaguez. A respiração convulsa.

Algum objeto precioso que guarda consigo como um amuleto?

Chegam os socorristas. Tiram o cachorro do caminho. Levam-no na ambulância. O corpo dele. Vivo. Vivo? O corpo dele. Um corpomatéria de carbono, água e nitrogênio movido a memórias e

E nome? Ele tem nome? E o nome?

11.

(1) A cama-maca é rolada da ambulância para dentro do hospital (2) a X olha para o lado e xinga o preceptor (3) o A_1 fala o paciente parou (4) o socorrista fala ele já estava parado (5) o A_2 olha para X (6) ela pensa dois minutos de compressões e depois (7) ela fala dois minutos de com-

pressões e depois (8) o socorrista fala já estamos em três minutos de compressões (9) ela pergunta tem alguém com ele (10) o socorrista responde ele é morador de (11) ela não escuta (12) ela pensa o dever ético de dois minutos de (13) o monitor indica assistolia (14) o socorrista completa o quarto minuto de compressões e dá lugar ao A_2 (15) a X pensa dois minutos de compressões e aí vemos o dever ético de dar (16) uma enfermeira segura o dispositivo bolsa-válvula-máscara na boca do paciente (17) o socorrista se afasta (18) a X supervisiona o paciente e o monitor e os acadêmicos e a enfermeira (19) o A_2 começa um dois três quatro cinco seis sete oito nove dez onze doze treze catorze quinze dezesseis dezessete dezoito dezenove vinte vinteum vintedois vintetrês vintequatro vintecinco vinteseis vintesete vinteoito vintenove trinta (20) a enfermeira preenche os pulmões do paciente com oxigênio, duas vezes (21) o A_2 continua um dois três quatro cinco seis sete oito nove dez onze doze treze catorze quinze dezesseis dezessete dezoito dezenove vinte vinteum vintedois vintetrês vintequatro vintecinco vinteseis vintesete vinteoito vintenove trinta (22) a enfermeira preenche os pulmões do paciente com oxigênio, duas vezes (23) o A_2 continua um dois três quatro cinco seis sete oito nove dez onze doze treze catorze quinze dezesseis dezessete dezoito dezenove vinte vinteum vintedois vintetrês vintequatro vintecinco vinteseis vintesete vinteoito vintenove trinta (24) a enfermeira preenche os pulmões do paciente com oxigênio, duas vezes (25) o A_2 troca de posição com o A_1 (26) o A_1 começa de novo um dois três quatro cinco seis sete oito nove dez onze doze treze catorze quinze dezesseis dezessete dezoito dezenove vinte vinteum vintedois vintetrês vintequatro vintecinco vinteseis vintesete vinteoito vintenove trinta (27) a enfermeira preenche os pulmões do paciente com oxigênio, duas vezes (28) o A_1 continua um dois três quatro cinco seis sete oito nove dez onze doze treze catorze quinze dezesseis dezessete dezoito dezenove vinte vinteum vintedois vintetrês vintequatro vintecinco vinteseis vintesete vinteoito vintenove trinta (29) a enfermeira preenche os pulmões do paciente com oxigênio, duas vezes (30) o A_1 continua um dois três quatro cinco seis sete oito nove dez onze doze treze catorze quinze dezesseis dezessete dezoito dezenove vinte vinteum vintedois vintetrês vintequatro vintecinco vinteseis vintesete vinteoito vintenove trinta (31) a enfermeira preenche os pulmões do paciente com oxigênio, duas vezes (32) um humanoide selvagem e um ornitorrinco cego jogando baralho na terceira lua de Saturno (33) o monitor não responde (34) a X dá uma injeção no paciente: adrenalina, 1mg (35) o A_2 começa de novo um dois três quatro cinco seis sete oito nove dez onze doze treze catorze quinze dezesseis dezessete dezoito dezenove vinte vinteum vintedois vintetrês vintequatro vintecinco vinteseis vintesete vinteoito vintenove trinta (36) o paciente oxigena o preenchimento da enfermeira com os pulmões, duas vezes (37) o A_2 continua um dois três quatro cinco seis sete oito nove dez onze doze treze catorze quinze dezesseis dezessete dezoito dezenove vinte vinteum vintedois vintetrês vintequatro vintecinco vinteseis vintesete vinteoito vintenove trinta (38) os pulmões pacientam o oxigênio do preenchimento com a enfermeira, duas vezes (39) o A_2 continua um dois três quatro cinco seis sete oito nove dez onze doze treze catorze quinze dezesseis dezessete dezoito dezenove vinte vinteum vintedois vintetrês vintequatro vintecinco vinteseis vintesete vinteoito vintenove trinta (40) o preenchimento pulmoneia a enfermeira do oxigênio com o paciente, duas vezes (41) o A_1 começa de novo um dois três quatro cinco seis sete oito nove dez onze doze treze catorze quinze dezesseis dezessete dezoito dezenove vinte vinteum vintedois vintetrês vintequatro vintecinco vinteseis vintesete vinteoito vintenove trinta (42) a enfermeira bláblábla (43) o A_1 continua um dois três quatro cinco seis sete oito nove dez onze doze treze catorze quinze dezesseis dezessete dezoito dezenove vinte vinteum vintedois vintetrês vintequatro vintecinco vinteseis vintesete vinteoito vintenove trinta (44) a enfermeira tititi (45) o A_1 continua um dois três quatro cinco seis sete oito nove dez onze doze treze catorze quinze dezesseis dezessete dezoito dezenove vinte vinteum vintedois vintetrês vintequatro vintecinco vinteseis vintesete vinteoito vintenove trinta (46) a enfermeira nhemnhemnhem (47) todos os objetos da Terra sendo simultânea e rapidamente sugados para o núcleo (48) o monitor não responde (49) a X pensa talvez seja o caso de interromper o atendimento (50) a X dá uma injeção no paciente: adrenalina, 1mg (51) o A_2 começa de novo um dois três quatro cinco seis sete oito nove dez onze doze treze catorze quinze dezesseis dezessete dezoito dezenove vinte vinteum vintedois vintetrês vintequatro vintecinco vinteseis vintesete vinteoito vintenove trinta (52) a enfermeira preenche os pulmões do paciente com poemas de ódio, duas vezes (53) o A_2 continua um dois três quatro cinco seis sete oito nove dez onze doze treze catorze quinze dezesseis dezessete dezoito dezenove vinte vinteum vintedois vintetrês vintequatro vintecinco vinteseis vintesete vinteoito vintenove trinta (54) a enfermeira preenche os pulmões do paciente com poemas de angústia, duas vezes (55) a coisa ainda não acabou mas já começa a escapar do hospital para a memória de cada um (56) a X pensa talvez seja o caso de interromper o atendimento (57) o A_2 continua um dois três quatro cinco seis sete oito nove dez onze doze treze catorze quinze dezesseis dezessete dezoito dezenove vinte vinteum vintedois vintetrês vintequatro vintecinco vinteseis vintesete vinteoito vintenove trinta (58) o A_2 pensa estamos fazendo tudo certo (59) o A_1 pensa eu devia estar gravando (60) a X acha isso tudo uma putaquepariu (61) um mendigo que resmunga em lá sustenido passando por um procedimento de reanimação cardiopulmonar enquanto seu cachorro apodrece debaixo da marquise de um prédio mais ou menos histórico (62) a enfermeira preenche os pulmões do paciente com poemas de amor, duas vezes (63) a X dá uma injeção no paciente: memórias e nicotina e memórias e sertralina, 1mg (64) o suor pelas costas e pelo rosto lágrimas que não são de dor (65) o A_1 começa de novo um dois três quatro cinco seis sete oito nove dez onze doze treze catorze quinze dezesseis dezessete dezoito dezenove vinte vinteum vintedois vintetrês vintequatro vintecinco vinteseis vintesete vinteoito vintenove trinta (66) a enfermeira preenche os pulmões do paciente com PLAFT e TCHUM e CATAPLAU e TUSCH, duas vezes (67) o corpo do paciente feito de muitas partes (68) o A_1 continua um dois três quatro cinco seis sete oito nove dez onze doze treze catorze quinze dezesseis dezessete dezoito dezenove vinte vinteum vintedois vintetrês vintequatro vintecinco vinteseis vintesete vinteoito vintenove trinta (69) o corpo do paciente deitado (70) a enfermeira preenche os pulmões do paciente com uma experiência importante e significativa e reveladora e emocionante e eletrizante, duas vezes (71) o A_1 continua um dois três quatro cinco seis sete oito nove dez onze doze treze catorze quinze dezesseis dezessete dezoito dezenove vinte vinteum vintedois vintetrês vintequatro vintecinco vinteseis vintesete vinteoito vintenove trinta (72) a X estuda e trabalha e volta pra casa e cuida das crianças e se preocupa com o meio ambiente e pega o metrô e caminha pela cidade e mantém a postura de manequim (73) o A_1 pensa de nada galera o show é de graça (74) o A_2 acha tudo isso uma putaquepariu (75) o corpo do paciente parafraseando Camus (76) a X pensa talvez seja o caso de interromper o atendimento (77) o monitor não responde (78) a enfermeira preenche os pulmões do paciente com carbono, água e nitrogênio, duas vezes (79) a X dá uma injeção no paciente: memórias e diacetilmorfina e memórias e benzoilmetilectonina, 1mg (80) uma estudante de medicina e um alto executivo e uma dupla de missionários e um pichador e uma modelo e uma estudante de medicina (81) o A_2 começa de novo um dois três quatro cinco seis sete oito nove dez onze doze treze catorze quinze dezesseis dezessete dezoito dezenove vinte vinteum vintedois vintetrês vintequatro vintecinco vinteseis vintesete vinteoito vintenove trinta (82) a enfermeira preenche os pulmões do paciente com um padrão atômico específico, duas vezes (83) o corpo do paciente no mundo esse mundo era o único do estoque estava com cinquenta por cento off não aceitamos devolução nem troca mas veja bem ele até que é ajeitadinho cheio de corpos de pacientes (84) o A_2 continua um dois três quatro cinco seis sete oito nove dez onze doze treze catorze quinze dezesseis dezessete dezoito dezenove vinte vinteum vintedois vintetrês vintequatro vintecinco vinteseis vintesete vinteoito vintenove trinta (85) a enfermeira preenche os pulmões do paciente com o peso e os tropeços e o desejo e desistir, duas vezes (86) o A_2 continua um dois três quatro cinco seis sete oito nove dez onze doze treze catorze quinze dezesseis dezessete dezoito dezenove vinte vinteum vintedois vintetrês vintequatro vintecinco vinteseis vintesete vinteoito vintenove trinta (87) a enfermeira preenche os pulmões do paciente com a altura e a distância e o céu e o abismo e as cores e a terra e o ar, duas vezes (88) um jogador de roleta russa que só se lembra de que está jogando quando escuta o tiro contra a própria cabeça falhar (89) a X dá uma injeção no paciente: memórias e cafeína e memórias e benzodiazepinas, 1 mg (90) o monitor não responde (91) o A_1 e o A_2 pensam esse não é o primeiro nem será o último (92) extremamente fodástico (93) um corpomatéria de carbono, água e nitrogênio e uma nuvem de palavras nãoditas (94) a enfermeira acha tudo isso uma putaquepariu (95) o fervo *never ends* (96) parafraseando Camus: a X pensa talvez seja o caso de interromper o atendimento (97)

12.

Y sorri: já pode considerar concluída a fase de coleta de dados. Ela sai do gabinete do orientador ansiosa para falar com X, e ela vai falar com X, vai esperá-la na frente da porta do hospital, meio de costas meio de lado, num ângulo obtusamente ideal (107° 32' 09") para perceber sua namorada quando estiver a quatro passos de distância, não antes, e ao versentir sua presença vai se virar para ela com um meio sorriso, trocarão um beijo de conforto, formando nele um sorriso inteiro, e seguirão de mãos dadas na direção de sua casa, num clic-clac apressado para chegar. No caminho, o malabarista do sinaleiro vai parar as duas e apertar o narigão vermelho de palhaço e falar algo do tipo

Ei, moças: quem são vocês, moças?

Y vai responder com um gesto, X vai rir da resposta e nesse momento vão cair os primeiros pingos da chuva. Depois disso, ainda não se sabe e na verdade nem importa: ainda há tempo até o turno da X acabar. Enquanto espera, Y vai começar a tratar os dados que coletou; ela entra numa sala de aula vazia e acende as luzes e pega o computador da mochila e senta a uma das mesas e abre o arquivo da monografia: Anatomia Urbana: avanço de epidemias na cidade e políticas de saúde pública voltadas para a contenção de vetores por meio de práticas médicas não convencionais; ou, gestualmente, cidademanequim.

[posfácio]

O fim é o começo da ruína

Mais um livro pras estatísticas.

Debaixo da marquise, narrativas cosmometropolitanas insistem aos nossos olhos sem nenhum protocolo de conduta. Páginas e páginas possíveis entre alunos que acabam de se matricular em oficinas de Escrita Criativa.

André Volpato, na época em que o conheci, era estudante de publicidade. Coincidência ou não, um ponto de consenso na trajetória de alguns de nossos escritores mais conhecidos – não disse melhores. Enviou um conto para o nosso concurso de contos (da Esc. Escola de Escrita) e, por unanimidade, ganhou. Hoje, esse conto não seria ressuscitado por X e nem por nenhum de seus colegas de uma classe de medicina. Todas as partes de um corpo literário já foram dissecadas em textos e mais textos, oficinas e oficinas, nas quais fui sua professora e também colega, acompanhando com os olhos atentos de quem vê diante de si alguma coisa – do primeiro texto entregue a um TCC sobre o campo simbólico literário. A literatura, André já entendeu – e já tinha entendido há tempos –, é um corpocobaia e, para quem escreve, *(não) é sagrada e deve ser tratada de acordo*. E tendo entendido, fez sem anestesia: deixou as mãos atordoadas de um profissional de comunicação à espreita, enquanto perseguiu a ruína do texto com as lentes da arte contemporânea, a única possibilidade para se fazer boa prosa, bom texto, boa escrita no mundo em que coexistem seus personagens-alfabeto.

Mesmo sem esses anos de convivência literária, este romance, fosse me dado à apreciação, já seria suficiente para um atestado de competência estética. Um atestado de texto, se fosse possível, com a observação em letras miúdas de que sua ideia se esticou para tão longe de um tal embrião que é coisa de obsessão. Intervenções cirúrgicas nessa silhueta urbana conjunto de vozes orquestradas com o rigor que todo escritor busca. E nem sempre consegue, não porque falte competência, mas porque lhes falta a disciplina e a lucidez – o que não sobra, nem transborda aqui neste romance primeiro. Cada colchete sabe seu lugar porque André sabe engenhar o texto, as pausas, os silêncios, as margens devidamente justificadas até quando não. É sobre simetria e todos os movimentos de um corpo que se sabe. E ainda que a literatura seja um espaço de repetição, há algo de inaugural aqui. É raro ver manuseio similar da prosa, sem evocação egoica ou deslizes de vaidade, nas vozes contemporâneas – e isso, por si só, já rasga os protocolos.

A aposta no inespecífico, como diria Florencia Garramuño, é o trunfo dessa abertura para o fragmento como alicerce. Logo o fragmento, a fluoxetina da literatura contemporânea. É preciso cautela para não criar dependência e, aqui, o autor é quem conduz, com tática, a narrativa. *O fim é o começo da poesia*, o clichê, deu lugar a esta cidademanequim, palavras siamesas em corpos grudados via anestesia, sístolediastolando, como se espera de um investimento afetivo de tanto tempo. André Volpato deixou de ser um profissional da comunicação no trato com as palavras e tornou-se escritor. É uma literatura de carneosso é literatura de carneosso é literatura carneosso, algum de seus narradores nos alertaria, caso soubesse sobre o que realmente são suas histórias. Mas eles não sabem. Seus narradores apáticos, tão preocupados com o próprio enredo, deixam visível a dialética do coletivo e do individual, do anônimo e do nomeado. O silêncio grita do concreto – e isso é técnica, a desfibrilação é feita via procedimento.

Não é à toa que a memória do primeiro título deste romance aparece quando encerro a leitura do que talvez seja uma décima ou trigésima versão de um texto maturado como o asfalto sob nossos pés. Leminski dizia que a ruína dá sentido a uma cidade. Também dizia que sempre lhe "pareceu divertida a ideia de uma contraengenharia, uma antiarquitetura, onde se fosse da frente para trás, uma arquitetura onde o andaime fosse o fim, e o resto, vão parnasianismo de consumo fácil, uma engenharia onde o objeto arquitetural já fosse direto para o seu estado último".

O fim é o começo da poesia, o lema do pichador P, é um alerta para o leitor inventariar sua própria cidade, as letras apagadas antes que dê tempo de os habitantes do próximo dia lerem a frase. O livro impresso, ainda bem, nos dá mais tempo e, ao passo que os espaços públicos nos são sequestrados, ele ainda é palco para o imaginário e nomearmos os afetos. Este é um alerta para o campo literário artístico: um escritor, prest'enção, acaba de estreiar um antiromance, um romance-ruína, uma cidade-narrativa. O contraste de materiais narrativos nesta operação se converte em uma colagem feita a bisturi, com as bordas porosas, ainda que quase invisíveis. Um livro é um fim e é também um começo. Este definitivamente. Uma operação hipercontemporânea cansada de figuras de linguagem. Um atordoamento. Tão cru quanto a matriz CMYK de que lança mão, este romance é uma ruína que já nasce ruína – ali às bordas do São Francisco, ou em qualquer outro lugar de uma cidade invisível –, uma arquitetura que é parte da anatomia urbana reside confortável, como se seu lugar fosse sempre aquele. Axiomisticamente, um corpo não-perecível. O semáforo está verde e este romance atravessa as ruas sem olhar para os lados.

Mais um livro pras estatísticas. E lê-lo é o único jeito de salvá-lo.

Faça-se este favor.

Julie Fank é escritora, doutora em Escrita Criativa pela PUC-RS e fundadora da Esc. Escola de Escrita.

Edição:
Camila Araujo & Nathan Matos

Assistente Editorial:
Sérgio Ricardo

Revisão:
LiteraturaBr Editorial

Capa:
Sérgio Ricardo

Projeto Gráfico e Diagramação:
Luís Otávio Ferreira

Nesta edição, respeitou-se o Novo Acordo Ortográfico da Língua Portuguesa.

Dados Internacionais de Catalogação na Publicação (CIP) de acordo com ISBD

V931c
Volpato, André Cúnico
cidademanequim / André Cúnico Volpato
Belo Horizonte, MG: Moinhos, 2019.
176 p. 14cm x 21cm
ISBN: 978-65-5026-017-0

1. Literatura brasileira. I. Título.

2019-1340

CDD 869.8992
CDU 821.134.3(81)

Elaborado por Vagner Rodolfo da Silva – CRB-8/9410

Índice para catálogo sistemático:
1. Literatura brasileira 869.8992
2. Literatura brasileira 821.134.3(81)

EDITORAMOINHOS.COM.BR

Este livro foi composto, em outubro de 2019, em
tipologia ITC Berkeley Oldstyle Std no papel Pólen
Soft para a Editora Moinhos enquanto Johnny Hooker
flutuava – ninguém vai poder/querer nos dizer como amar.

*

Até a Veja confirmava a veracidade das mensagens do Telegram.